繼母的拖油瓶是我的前女友

7

但願此刻暫時停留

Kadokawa Fantastic Novels

「不覺得比起雙腿赤裸，穿絲襪看起來更情色嗎？」
「……不是，妳希望我給出哪種評語啊？」
伊理戶水斗
Mizuto Irido
結女的前男友兼繼兄弟姊妹。把伊佐奈當成摯友，多少對她比較縱容。
東頭伊佐奈
Isana Higashira
輕小說宅少女，基本上是個邊緣人。一個明明被水斗甩了，卻被旁人認定為水斗女友的強者。

「原來你們在這裡偷懶啊。」
伊理戶結女
Yume Irido
升上高中時成功轉型為美少女優等生。水斗的前女友兼繼姊妹。
「啊，找到你們了～！」
「喂，妳放手啦……」
南曉月
Akatsuki Minami
川波的青梅竹馬兼前女友。最近熱衷於遊走戀愛過敏症的底線開川波玩笑。
川波小暮
Kogure Kawanami
自稱「戀愛ROM專」，靜觀水斗與結女的關係發展。

學生會備品
「好啦，那我再去睡一下。」
星邊遠導
Todo Hoshibe
學生會前任會長，三年級生。大學推甄通過了閒著沒事，常常在學生會室出沒。
遠導
「學姊妳靠太近了。請妳離遠點。」
「嗯——冷淡的態度也超口愛！」
亞霜愛沙
Aisa Aso
學生會副會長，二年級生。在學妹面前擺出可靠學姊的風範，到了星邊面前卻……？
愛沙
明日葉院蘭
Ran Asuhain
學生會庶務，一年級生。擁有全年級第三名的傲人成績，把擔任過新生代表的結女視為勁敵。
蘭

繼母的拖油瓶是我的前女友 7

但願此刻暫時停留

紙城境介

插畫／たかやKi

Kadokawa Fantastic Novels

目錄 Contents

008 喜歡的人就在家裡

069 想讓你臉紅

127 妳眼中的我

235 一定是因為有你守護

280 但願此刻暫時停留

337 代替後記／復活的各話一言感想

伊理戶水斗◆心意已決之後的世界

很久以前，當國中時期的我初次交到女朋友時，世界的一切在我眼裡彷彿閃閃發亮——當時，我還大言不慚地講過這種令人覺得耳熟的感想。

如今我對人生多少有了更深的瞭解，不會再覺得世界看起來閃閃發亮。早上爬不起來的感覺，以及東西亂擺的房間，所有的一切都跟平常一樣枯燥無味。硬要舉出一個不同之處的話，就是——

「——啊。」

早上，我走出房間，看到穿著睡衣的結女也正巧從房間走出來。

黑色長髮可能才剛放下，有幾處翹了起來。不知是因為剛睡醒，或是還沒戴上隱形眼鏡的關係，眼神比平常顯得凶了一點。

結女一看到我，就急忙用手遮住嘴巴，說：

「咦，討厭，你已經起床了？」

「……我偶爾也會早起啊。」

「真是～！我太鬆懈了啦～！」

結女以手掩面，用小動物洗臉般的動作搓臉。

這不是我第一次看到她睡醒時的臉。但我從本質上來說終究是外人，她身為一個女生，似乎並不樂意鬆懈的表情被人看到。

的確，假如換成國中時期的我，或許是會做出一些反應。

譬如說被她缺乏防備的模樣弄得心裡七上八下，或是對她鬆懈的素顏感到幻想破滅——可是，那是因為我當時只認識結女作為女生的一面；只認識結女作為女朋友的一面。

現在的我不同了。

「不用在意啦。」

現在我認識妳作為家人的一面；認識妳作為一個活生生的人的一面。

要說幻想破滅，早在八萬年前就破滅光了。但到頭來我還是變成了這樣，所以，我也沒轍了。

「在家裡本來就該放鬆。像妳這麼愛面子的人，連在家裡都不能鬆懈會把自己累死的。」

結女從指縫間偷看我的表情。

「……你說這些，是在關心我嗎？」

「可以這麼說。」

「謝謝……謝謝你的好意。但是……」

結女旋即轉身背對我，打開了自己房間的門。

「我也是有自尊的！」

啪答！

說完，剛起床的結女就消失在房門內側了。

……嗯。

我看，我還是無法取回國中時的那種心情。

伊理戶結女◆一點芝麻小事都很重要

一早就被水斗看到不修邊幅的臉，我用鏡子把整個人檢查了一遍又一遍，才終於再次走出房間。

幸好沒有口水痕跡什麼的，否則只能去自殺了。真是受不了，我深深地覺得，跟喜歡的人住在同一個家裡實在太不方便了！害得我真面目無所遁形。

不過呢，唯一值得慶幸的是，那男的是我的前男友——不想讓他看到的模樣早就不知道被他看到多少次了，不過就是一兩張剛睡醒的臉，倒沒必要現在才來害臊。話雖如此，我也說不上來，只能說這跟那是兩回事……

真是，今天可是個大日子耶，這下子前景黯淡了。

「早，結女。麵包烤好了喔——」

「嗯——」

來到樓下的客廳，我吃起媽媽幫我烤好的麵包。餐桌的對面位子，放著一個散落麵包屑的空盤子。那是水斗的座位，但本人不在——大概是吃過早餐後，回房間換衣服去了。

「我吃飽了！」

我吃完麵包，喝完紅茶後，從客廳前往盥洗室。為的是要刷牙，以及再檢查一遍儀容。

結果，我在那裡看到……

「啊。」

刷刷刷。

穿著制服的水斗，正在對著鏡子用牙刷刷牙。

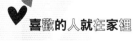

水斗看到我走進來，便默默地稍微往旁躲開。似乎是在讓出空間給我。

等一下再過來感覺好像在躲著他，況且盥洗室也沒窄到需要排隊……於是，我站到水斗的身旁，拿起了自己的牙刷。

刷刷刷刷……

鏡子裡，映照出默默刷牙的一男一女。

當然，這種狀況不是第一次了。雖然不是……但我忽然有種心情，覺得這種狀況還滿不可思議的。

最不可思議的是，我已經習慣了這種狀況。換成國中時期的我，或者是剛搬到這個家裡來的我，若是用這種肩膀碰肩膀的距離跟他站在一起，而且處於雙方沉默無語的狀況下，一定大感尷尬。

但是此時，我覺得這樣很自然，很合理，甚至給我一種安心感……才過了短短的半年時間，讓我不禁佩服人類的適應能力。

水斗拿起漱口杯，裝了水，「嘩啦嘩啦呸」地漱了口。

之後，我看到他竟然想用制服袖口擦嘴，於是咬著牙刷「嗯——！」阻止了他。

「嗯！」

我把毛巾塞過去，水斗發出「喔……」這種分不清是嘆氣還是道謝的呻吟，用它擦了

嘴。

接著我也漱了口，從水斗手中接過了毛巾。我還在擦嘴時，水斗已經走向盥洗室的門口。真羨慕他打理儀容這麼省事。我擦好嘴巴之後，還得塗護唇膏才行。

當我拿出放在口袋裡帶過來的護唇膏時，我發現映照在鏡子邊緣的水斗轉了過來。

「……有事嗎？」

我轉頭一問，水斗盯著我說：

「今天是第一天吧？」

「咦？」

「學生會……要加油啊。」

——前幾天，我們學校舉行了學生會長選舉。

候選人只有一人。

因此選舉採用了信任投票方式。而那位學姊榮獲98%的高度信任票，當選了我們學校的新一任學生會長。

新會長的名字是紅鈴理。

而在她的推薦下，我——伊理戶結女，也名列學生會執行部的最新組閣成員之一。

從今天起，學生會就要正式開始活動了。

記得我好像有稍微跟他提過一下……沒想到他竟然記得。

「……謝謝。我會加油的。」

水斗點點頭，就走出盥洗室了。

之後，我重新看看鏡子，替嘴唇塗上護唇膏。

「嗯。」

感覺這次塗得非常好。

伊理戶結女◆永遠的第三名

胸懷潮起潮落般的不安與期待，我仰望那個門牌。

學生會室。

這就是統理我們私立洛樓高中學生事務的學生會，唯有獲選的少數幾人才能踏入的辦公室——說成這樣，或許有點把它捧得太高了。

可是，以往放學後只是直接回家的我，此時竟然站在一間平常上課從未來過的教室門口。這項簡單的事實，為我帶來了難以言喻的興奮感受。

「……好。」

我下定決心，抬起手來準備敲門——但忽然想到一件事而停了下來。記得紅副會長——

更正，會長好像說過，只有訪客才需要敲門。學生會成員不是訪客，所以不需要敲門——

我放下抬起的手，手指順勢放到門把上，一口氣把它往旁拉開。

「報告！」

我心想萬事起頭難，於是一反常態地發出宏亮的聲音，走進門內。

就只是一間平凡無奇的教室。

靠近門口有一套像是待客用的沙發，往裡面走則有可能是用來開會的長桌與白板。

靠牆的櫃子裡除了塞滿無數檔案，還有看似私人物品的布偶以及桌遊盒子等。

靠近門口的沙發組或是後面的會議桌都沒看到人。

是不是別人都還沒來？

我一邊如此心想，往房間裡踏出一步——

忽然間。

一個嬌小的人影，走進了我的視野邊緣。

「嗚哇！」

「…………」

見我嚇得上半身後仰，那個女生用一種充滿戒心的貓咪般目光注視著我。

來者是個個頭嬌小的女生。

身高跟曉月同學有得比。

頭髮剪短得像是有在玩體育社團，相貌五官雖然稚嫩，但端正可愛。只可惜眉頭微微蹙起的皺紋，塑造出了一種不好相處的印象。

我想……應該是一年級。她個頭這麼小，胸前的領帶又是紅色的。

不，但是，只有唯一一個部分——應該說部位，讓人難以相信她念一年級。

好……好大。

她胸部……好大。說不定跟東頭同學或圓香表姊差不多……？不，也許是因為個頭小的關係，所以看起來顯得特別大罷了。總之不管怎樣，這個女生儘管個頭與曉月同學相仿，身材卻傲人到可能會讓她氣瘋。

看來這個女生，剛才正在看門口旁邊的櫃子。所以一開始，我才會沒看到她。

是學生會的人嗎……？應該是吧？既然都出現在學生會室了。假如是一年級的話，那就跟我一樣是新人了……

這場意外的邂逅，把我腦中推敲許久的問候話全嚇跑了。看我只會僵在原地發呆，小個頭巨乳少女用品頭論足的目光打量我，說：

「……妳是伊理戶結女同學，對吧？」

她用微微流露敵意的聲調問我。

咦？怎麼了？我們是初次見面吧？我這麼快就冒犯到她了？

「呃……對，我是。」

「敝姓明日葉院。」

她霍地向我逼近過來，同時抬頭瞪著我的臉。

「明……明日葉院……同學？」

「對，明日葉院。寫成明日葉子會掉落的醫院，明日葉院。」

為什麼要比喻得這麼不吉利……我該如何回答才不會出錯……？

「呃……很、很高興認識妳……？」

「是，很高興認識妳。」

「啊——……明日葉院同學，妳也是從今天開始擔任學生會成員？」

「是的。我是庶務。」

「是這樣呀……我是書記，從今天起要請妳多多指——」

「就這樣？」

「咦？」

不然還能說什麼？

明日葉院同學可愛的臉蛋頓時不高興起來，更進一步地向我逼近過來。等……胸部！胸部要碰到了！

「我是明日葉院！我這樣說妳總該想起來了吧！第一學期期中考與期末考，兩次都是全年級第三名的那個明日葉院！」

「哦～第三名耶，妳好厲害喔。」

「獨占第一與第二名的人竟然敢講這種話——！」

「呀啊哇——！」

她猛地抓住我的雙肩，把我整個人前後亂搖一通！

「妳是想說沒把我放在眼裡嗎！有沒有想過我被你們這對兄弟姊妹壓在下面，為了總有一天考贏你們一直在努力念書！結果妳卻說妳連我的名字都沒看到，是這個意思嗎！」

啊，對喔。她說她排名第三，所以名字就在我與水斗的下面。

不好意思我必須承認，我都只有注意自己跟水斗的排名……

「好……好像是我不對……？」

「我沒在求妳跟我道歉！我只想看到妳站在榜單前面懊惱發抖的模樣！」

用好勝兩個字可能還不足以形容這個女生。

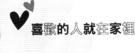

明日葉院同學依然抓著我的肩膀，兩眼發直地湊近瞪視我的臉。

「……在這學生會當中，我一樣會以會長寶座為目標。我將會把妳擠下去，當上會長。這樣一來，妳就不得不記住我的名字了。」

「啊，嗯，不要緊，我已經記住了。妳是明日葉院同學嘛。」

「請不要這麼容易就記住！」

到底要我怎樣啦？

沒想到會跟這麼一個霸氣十足的女生念同一個年級。跟曉月同學相比，又是另一種不同的霸道。

明日葉院同學長嘆一口氣後，放開我的肩膀轉頭四顧。

「對了，另一位伊理戶同學沒有要來嗎？」

「嗯，水斗——呃，我弟弟他好像沒受到學生會的邀請。」

「是這樣呀……哼，想想也是，聽說他交到女朋友了嘛。像那種滿腦子只想著談情說愛的人，當然不可能被選為重視榮耀的學生會成員了。」

我保持著笑容三緘其口。

我本身不用說，身為學生會領導人的會長也一樣滿腦子想著談情說愛，而且還勾引學生會裡的另一位成員，這種話我看還是別說為妙。

話又說回來，水斗與東頭同學的事情，還真的傳開了呢。雖說明日葉院同學早就在單方面地關注我們的消息，但與我們沒有直接來往的她竟然也知道，仍然讓我很意外……

「……咦？對了，明日葉院同學。」

「什麼事？」

「妳的名字叫什麼？真對不起，我不記得了……」

聽我這樣問，明日葉院同學表情忽地蒙上陰霾，視線躲向了斜下方。

「……我的名字叫做……」

伊理戶結女◆心機陽光不對勁學姊

「哦！這不是蘭嗎————！妳已經來了呀！」

聽到聲音回頭一看，一個長髮女生正開開心心地走進教室來。

女生還滿有個頭的，髮型卻是結合長髮與雙馬尾的披肩雙馬尾，顯得有點孩子氣。

掛在肩膀上的書包，也掛滿了卡通人物的鑰匙圈。恕我直言，這種搭配法乍看之下有點要小心機。

胸前的緞帶是綠色的。是二年級的學姊。

有著孩子氣品味的學姊奔向明日葉院同學，然後把她嬌小的身軀當成布偶一樣緊緊抱進懷裡。

「妳來得好早喔——這麼想看到我呀？」

「我只是習慣凡事提早十五分鐘行動罷了。請學姊放開我。」

「嗯——冷淡的態度也超口愛！」

「一點都不口愛。」

明日葉院同學面無表情，用力把學姊從身上拉開。

學姊雖然顯得依依不捨，但一看到我就露出愛跟人親近的笑容。

「妳就是伊理戶學妹吧？鈴理理跟我說了——聽說妳是個超級優等生？」

「沒、沒有啦沒有啦！差得遠了！」

還有，鈴理理？她是說紅會長嗎？

「呵呵，能達到鈴理理要求的標準可是很厲害的，盡量擺踐臉沒關係啦，盡量擺……啊，忘了做自我介紹了。我叫亞霜愛沙！二年級！而且從今天起就是副會長了！今後多指教嘍，學妹！」

亞霜學姊好像要供我效仿似的擺出踐臉，抬頭挺胸地說了。

可能是因為常跟總是對女生胸圍做出過度反應的曉月同學在一起的關係，我現在見到初次認識的女生時，也會在無意識之中去注意對方的身材……而我必須說，亞霜學姊的身材也頗為可觀。小腰小臀，一副標準的模特兒體型，胸部卻比我還大，高聳堅挺——

——嗯？奇怪？

……是我多心了嗎？總覺得看起來有哪裡不對勁……

「妳跟蘭互相打過招呼了嗎？她不知為何好像把伊理戶學妹妳當成了勁敵，有沒有哪裡冒犯到妳什麼的？」

「沒……沒有沒有。沒事，嗯。」

「妳說『沒事』，就表示她的確做了些什麼對吧。真拿妳沒轍耶。但看在妳很可愛的份上就原諒妳吧。」

亞霜學姊又把明日葉院同學抱到胸前了。明日葉院同學也不再抵抗，只是面無表情不予理會。

照這樣子看來，如同我是紅會長邀進來的，明日葉院同學應該也是亞霜學姊邀進來的吧。不曉得能不能問她是如何加入學生會的？記得她並沒有擔任執委，而學妹又直呼她的名字，兩個人看起來還滿熟的。

對了，說到這個……

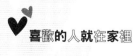

「妳的名字……原來叫做『蘭』啊，明日葉院同學。」

「……對，可以這麼說。」

不知道為什麼，明日葉院同學面色有些陰沉。剛才看她也不太願意說出自己的名字，不曉得是怎麼了？

「明日葉院，蘭……好帥氣的名字喔。有『院』字的姓氏會讓人有點嚮往耶。」

「啊——我懂我懂。感覺好像很有錢對吧——」

「……請不要用全名叫我。」

明日葉院同學語氣怏怏不樂地說了。

「我不喜歡我的全名。我做自我介紹時，都只說姓氏。」

「為什麼？……這樣問會太唐突嗎？」

明日葉院同學面孔低垂，停頓了一下後說：

「念小學的時候……有男生說我『淫亂』，取笑我。就是把姓氏的最後一個字跟名字連起來。」

……啊——……

可以想像。大概是小學的高年級吧。那個時期的小孩，都很愛亂用在字典或漫畫上看到的色情詞語。

明日葉院同學在亞霜學姊的臂彎中開始陣陣發抖。

「起初我不懂那是什麼意思，結果查過字典之後大受打擊……為什麼男生總是那麼智障？跟鸚鵡一樣一直重複同一件事，講都講不膩……！跟那種生物根本沒辦法溝通！真應該像動物園一樣把他們關進籠子裡！」

明日葉院同學似乎是真的積了一肚子的怨氣，揮動著小小的拳頭說：

「可是等到大家都長大了，身邊的女生卻開始交什麼男朋友……！真不懂談戀愛有什麼好的！怎麼會自願去跟那群鸚鵡混在一起啊！還不如真的養一隻鸚鵡算了！妳們不這麼覺得嗎！」

明日葉院同學咄咄逼人的態度，嚇得我不敢有任何意見，然而把她抱在懷裡的亞霜學姊滿面笑容，開心得很。

「有這種言論，卻又有這種咪咪！超口愛的對不對——獨角獸（註：VTuber界用語，指不能接受女VTuber與男性互動的粉絲）給她高分！」

我聽不懂她在說什麼，就先陪個笑臉了。

伊理戶結女◆私立洛樓高中學生會執行部

「嗨，大家都到啦。」

與聒噪的明日葉院同學她們正好相反，紅鈴理學生會長神態平靜地走進學生會室來。體格嬌小，渾身卻依舊散發無法忽視的存在感，自然而然地使我精神一振……同樣地，一個戴著土氣眼鏡的男生——羽場丈兒學長也還是老樣子，彷彿藏身在她的影子裡隨後現身。

「安安呀——鈴理理。阿丈同學也是。我先跟學妹打情罵俏過了！」

「嗯。愛沙妳的平易近人總是令小生欽佩。」

「是鈴理理妳太嚴肅了啦。應該學著像我一樣能屈能伸才對呀——是不是？阿丈同學也這麼覺得吧——？」

「…………」

羽場學長一言不發地走向會議桌，放下自己的書包。

「嗯——」亞霜學姊做作地噘起嘴唇，說：

「你要對我保持戒心到什麼時候啦？」

「哼。小生建議妳不妨捫心自問。」

「鈴理理也是，要記恨到什麼時候啊？」

「小生可沒在記恨。小生只是記得有個女生曾經拿自己的名字當自稱罷了。」

「自稱小生的女生還有臉講——」

我第一次看到有人連面對紅會長，態度都這麼直來直往。我也說不上來，只覺得從她們的對話當中，彷彿能夠一窺這一年期間，在這學生會室當中點滴累積起來的歲月。

我目前還無法跟上這段對話，像是與我毫不相關。

……可是想到一年後，也許我也會跟大家聊起類似的內容，就有種不可思議的心情……

「那、那個！」

我正在發呆時，明日葉院同學掙脫亞霜學姊的懷抱，神色緊張地站到了紅會長的面前。

「敝、敝姓……明日葉院。此次得到亞霜學姊的推薦，有幸成為學生會的一員。我還有待精進，今、今後還請學姊多多指教——」

「請多指教，明日葉院同學。」

紅會長和緩地牽起明日葉院同學的手，注視著她的眼眸衝著她笑。

面對會長美麗迷人的微笑，明日葉院同學頓時面紅耳赤，說不出話來。

「要說有待精進，小生也一樣。當小生犯錯時，希望妳能夠出言糾正。反過來說，當妳犯錯時，小生也會排除萬難幫助妳。」

「啊，是，好滴……」

明日葉院同學這下更是渾身僵硬，變成一個只會不住點頭的人偶。亞霜學姊看了，傻眼地喃喃自語著說：「唉——這個花花公子又來了——」

明日葉院同學剛才說過，要與我一較高下……但到頭來，她似乎也跟我一樣，都很仰慕紅會長。

會長放開明日葉院同學的手之後，眼睛朝向了我。

「結女同學也是，真的很謝謝妳，願意接受我的邀請。」

「不會……是我自己樂意加入。今後請會長多多指教。」

我圓滿成功地打過招呼後，看到明日葉院同學從紅會長的視野死角，用咬牙懊惱的神情瞪著我。

「學、學姊為什麼用名字稱呼伊理戶同學……」

「因為之前執委有另一個同學跟她同姓。小生是否也該用名字稱呼妳呢？蘭同學。」

「呀！啊，啊嗚，謝、謝謝學姊！」

紅會長對深深低頭致謝的明日葉院同學微笑頷首後，走向羽場學長早就坐好等她的會議

桌。

「好，大家坐吧。成員都到齊了。」

紅會長坐到白板前的主位，接著是亞霜學姊，然後是我與明日葉院同學分別就座。

依據校規規定，學生會幹部為五人。

會長——二年級生，紅鈴理。

副會長——二年級生，亞霜愛沙。

會計——二年級生，羽場丈兒。

庶務——一年級生，明日葉院蘭。

然後是書記——一年級生，伊理戶結女。

紅鈴理學生會長雙臂悠然抱胸，宣布：

「從今日起，我們就是洛樓高中學生會執行部。」

伊理戶結女◆不知為何常常逗留的ＯＢ

「……呼啊～啊……」

這一聲呵欠，並非來自我們學生會幹部就座的會議桌。

只聽見轉動門把的喀嚓一聲。

轉頭一看，除了教室出入口之外，旁邊牆壁另有一扇門，一個高大的男生正從那扇門裡走出來。

好……好大。

當然，這次說的不是胸部，而是個頭。那個男生個頭相當高——身高絕對不下一百八十公分，說不定都快有一百九十了。結實的體格看起來像是有玩某種運動，但頭髮以男生來說比較長，不像是有參加體育社團。

既然穿著制服當然應該是學生，但看起來年紀比學長更大。胸前綁得鬆垮垮的領帶是藍色，表示他是三年級生。

我應該沒見過這位學長，但總覺得好像有點眼熟……

看到這位打呵欠打到眼角泛淚的三年級高大男生，第一個做出驚訝反應的是亞霜學姊。

「咦？學長？你在這裡做什麼啊！」

「啊——？喔，亞霜啊……睡個午覺啦。昨天看網路直播看整晚。」

「會長……」

紅會長帶著傻眼神情如此稱呼那位三年級高大男生。會長？

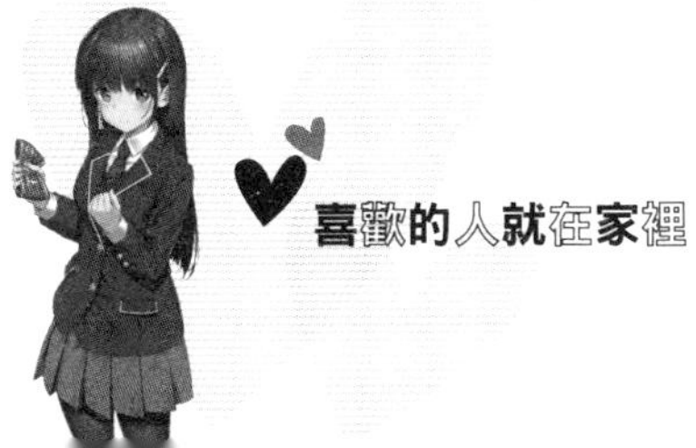

「你都已經卸任了，請不要再把資料室當成午睡室。」

「別這麼說嘛，紅。不就是學長貼心到令人恨得牙癢癢的一點小心意，來祝福學弟妹進入一個新的階段嘛。」

「你只是推甄通過閒著沒事做吧？」

「也可以這麼說。」

看到高大男生咧嘴笑著說，紅會長嘆了一口氣。然後她轉向跟不上狀況的我與明日葉院同學這個一年級組合，說：

「還是介紹一下好了。他叫星邊遠導，是上一屆學生會長。也許妳們在全校集會等場合有看到過他。」

啊……對了。我的確在全校集會，還有入學典禮等場合看過他。就是那位代表在校生致詞的學生。

我與明日葉院同學分別跟星邊學長打過招呼後，他把手塞在口袋裡，低頭看著我們，「嗯——」歪了歪頭。

「雖然之前有聽說，不過兩個都是女生的話，這下羽場的立場真是來越來尷尬了。你說是吧？」

被他把大手放在肩膀上，羽場學長說：「不會……」客氣地否認。但星邊學長咧嘴一

笑，直接忽視他的反應。

「好，那我今後繼續多找機會來露臉吧。否則就羽場一個男的，太可憐了。就這麼辦，就這麼辦。」

「容小生再重複一遍，你只是推甄通過閒著沒事做吧？」

「也可以這麼說。」

紅會長一副拿他沒轍的表情，亞霜學姊卻露出壞心眼的邪笑表情站了起來。然後她靠近星邊學長的高大身軀，由下往上探頭看著他的臉。

「少來了～其實學長只是想看到愛沙學妹而已吧～？」

「最好是。想太多。」

「竟然還害羞，學長你真是超口愛♪」

「啊——啊——妳怎麼每次都這麼難搞啊！」

亞霜學姊笑得開朗又快活。亞霜學姊雖然以女生來說個子算高，但站在比她更高大的星邊學長身邊，卻嬌小得像個小女孩。

星邊學長故意態度惡劣地把亞霜學姊趕走，溜到了會客用沙發組去。

「好啦，那我再去睡一下，紅，妳隨便起個頭吧。」

「什麼～？你想開溜嗎？學長～」

「愛沙。」

看到亞霜學姊還想繼續裝嗲捉弄星邊學長，紅會長用柔和但銳利的語氣阻止了她。

「我明白妳是見到最喜歡的星邊學長太高興了，但現在還是先歡迎兩個新人要緊。」

「嗚欸！……誰跟妳最喜歡了，鈴理理，妳不要亂講一些招人誤會的話啦！學妹都在看耶！」

紅會長默默地聳了聳肩。亞霜學姊心有不服地噘起嘴唇，但還是回到了自己的座位上。

……原來是這樣呀。

我心裡弄懂了狀況，偷看一下坐在對面的明日葉院同學的神情，看到她露出小孩子鬧彆扭般，壓抑隱藏著心中不滿的僵硬表情。

看來無論是明星學校，或者是學生會，高中生到哪裡都大同小異。

明日葉院同學對於學生會比想像中更柔和的氣氛似乎大有怨言，我卻正好相反，對於我加入的新環境——這間教室產生了一種親近感。

伊理戶水斗◆與東頭伊佐奈的第一次……

結女從今天開始成為學生會的一員，相較之下，我則是一如既往、一成不變地在放學後來到了圖書室。

最近不只是放學後，不只在圖書室，東頭伊佐奈連午休時間或是在教室的時候都跑來跟我混，此時她眼睛盯著輕小說的頁面說：

「話說回來，水斗同學，你要為我做什麼？」

「嗯？」

什麼做什麼？

伊佐奈一下彎曲一下伸直放在窗邊空調上的腳丫，說：

「你說過要補償我的啊。不是要為了你在文化祭結束後把我拋下不管的那件事補償我嗎？」

「啊——對喔……好像有提過。」

「什麼叫做好像有提過啊！我還滿期待的耶！」

好吧，先不說是不是該做補償，文化祭那天，伊佐奈的確是幫了我很大的忙——我也有這份心要向她道謝。

「那我反過來問妳，妳希望我為妳做什麼？只要是我能做到的，什麼都可以。」

「咦？你現在是不是說什麼都可以？」

看到伊佐奈用驚人速度緊咬不放，我這才發現我太失策了。

我身體後仰，想躲開霍地逼近過來的伊佐奈。

「你、你、你說什麼都可以……嘿嘿。是你說什麼都可以的，對吧？」

「好噁好噁好噁！冷靜點妳這噁宅！我說過，只限我能做到的！」

「不、不會很難啦……嘿嘿，嘿嘿嘿。你只要稍微忍耐一下就行了……嘿嘿！好嘛？一下下就好了！」

要不是她對我有恩，我已經報警了。我抓住伊佐奈的肩膀把她推開，說：

「……妳要我做什麼？先聽聽妳的要求吧。」

「嘿嘿。那個，是這樣的。我一直呢，嘿嘿，很想跟水斗同學一起去一個地方！」

「想去一個地方？」

「就是那種有隔音的密室，男生女生一起進去，可以休息，以小時計費的地方！」

「妳給我等一下。」

這女的是性慾的化身嗎？就在我打算先下手為強發動自衛權的那一瞬間，東頭伊佐奈大張著鼻孔說了：

「——漫畫咖啡店！我們一起去好不好？」

「……………………」

……什麼嘛，原來是那個啊……

我向來只知道那棟大樓上面掛著那塊招牌，但是可想而知，我從來沒走進去看過。想看漫畫的話買就是了，沒錢買的話到圖書館借閱就是了——真要說起來，我漫畫看得沒有小說多，因此漫畫咖啡店這個概念本身就不適合我。

論及這點，東頭伊佐奈似乎有不同的看法，她說：

「漫畫很占位子，更重要的是你不覺得ＣＰ值比輕小說低嗎？輕小說一本可以看三小時，漫畫一本卻只能看一小時。」

「我從來沒用ＣＰ值評論過書刊，不過好吧，從時間而論是這樣沒錯——況且內容也是，聽說一本輕小說可以畫成三集還是四集的漫畫。」

「所以我會想一次看一堆漫畫，可是那樣又很花錢。」

這時候漫畫咖啡店就派上用場了。況且圖書館也不會收藏漫畫。

伊佐奈嘿嘿笑著，說：

「好吧，其實我也只是覺得跟水斗同學一起進雙人包廂，感覺很刺激好玩而已。」

「……況且要不是在這種情況下，妳大概一輩子無緣進那種包廂吧。」

「就是呀。不像水斗同學隨時都可以跟結女同學一起去。」

「可以才怪好嗎？」

「是嗎？」

「想也知道那女的會反應過度。」

別看她那樣，其實她可是滿腦子黃色念頭。

「……哼哼。」

「幹嘛啊？」

「男生的傲嬌，我覺得也很可以喔。」

「妳在講什麼啊？」

「哼哼哼哼。」

我嫌她煩於是輕輕戳她一下，然後我們踏進開在大樓二樓的漫畫咖啡店。

伊佐奈似乎已經從網站訂好了包廂。我代替怕生毛病發作躲到我背後的她跟櫃台辦好手續，往包廂移動。

「哦——……」

伊佐奈一路興味盎然，參觀電腦一字排開的開放座位區，以及與天花板齊高塞滿漫畫的書架等。

「霜淇淋吃到飽……！它寫說霜淇淋吃到飽耶，水斗同學！」

「好像是。可是邊看漫畫邊吃霜淇淋，不太方便吧？」

「漫畫跟霜淇淋是兩個胃啦！」

「就算有兩個胃也跟這無關吧……總之，先去把隨身物品放下再說吧。」

伊佐奈預訂的，是完全獨立雙人包廂的三小時方案。兩人分攤的話，即使是高中生也不傷荷包。

隔間裡面，把整個地板設計得像是個大坐墊。這種的似乎叫做軟墊席。伊佐奈先進去，一屁股直接坐下去。

「哦哦~……」

我關上門後，伊佐奈把絕不算寬敞的密室環顧了一圈。

「感覺真不錯呢。就像是把整個世界關在門外。」

「把世界關在門外……這個比喻滿有趣的。」

的確，這種幾乎全面隔絕外界資訊的感覺，是還挺不賴的。比起開闊的場所更讓我心情感到自由。也許這種環境很適合我們的性情。

「水斗同學，幫我脫襪子~」

「還沒去拿漫畫耶。」

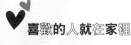

「啊，對喔。」

我放下隨身物品，再次把門打開後，伊佐奈手腳著地拖著身體爬出包廂。

然後我們來到書架區。

「這麼多漫畫都隨便我們看啊……」

「真讓人興奮難耐，對不對！」

的確……這些塞滿漫畫的書架，光是抬頭仰望就夠壯觀的了。

我拿出幾本漫畫隨手翻閱時，伊佐奈說：「啊，這個。還有這個。」把漫畫一本一本抱在胸前。

「嗚啊～！第五集以後都不見了～！是誰拿走了不還啦！」

「現在的妳也沒資格說別人啦。」

看著她抱在懷裡多達大約二十本的漫畫，我傻眼地說。三小時絕對看不完吧。

我接收伊佐奈精選的一半漫畫，與她一起回到包廂。霜淇淋沒手拿就放棄了。

伊佐奈把漫畫堆在電腦桌上，說一聲：「好！」雙臂往內縮。

「那麼重新來過！」

她一邊這麼說，一邊把腳伸過來給我。

不用多說我就明白了。我在軟墊席上幫伊佐奈脫了襪子。

「現在這樣子，就覺得好像待在水斗同學的房間裡喔～」

「那付錢就吃虧了。」

「不會啊，跟平常還是有不一樣的地方。我們都穿著制服，不是嗎！」

「喔，難怪。」

「難怪什麼？」

伊佐奈愣愣地微微偏頭，我指指從她大腿縫隙間露出的水藍色布料。

「都看見了。妳忘了妳今天穿裙子吧。」

「……我、我是故意露給你看的。」

「那也一樣不行吧。」

「啊嗚唔～……」

伊佐奈在軟墊上坐成W字，把大腿緊緊閉起來。

然後，只讓目光偏向旁邊，說：

「……不過，水斗同學，其實是這樣的。」

「嗯？」

「暑假期間，我幾乎天天泡在水斗同學的房間……結果，可能漸漸快要磨光了。」

「磨光什麼？」

「羞恥心。」

說完，伊佐奈便不再按住裙子了。

而可怕的是，她竟然改成盤腿而坐。

「現在我可能覺得內褲被你看到也還好。」

「快給我恢復！恢復羞恥心！」

「為什麼～？只要水斗同學不要產生色色的心情，應該不會怎樣吧～？」

……我可沒說我不會。

麻煩就麻煩在這裡。

伊理戶結女◆憧憬、追逐同一個目標

「那麼，今天就先到這裡吧。」

學生會的第一天活動，只簡單說明過工作內容就結束了。

像是算準了時機似的，前會長——星邊學長在會客沙發上邊打呵欠邊爬起來。

「喔——講完啦？那就去迎新會吧。」

紅會長傻眼地望向星邊學長。

「你特地選在這裡睡午覺，該不會就是為了這個吧？」

「喂喂喂，難不成妳想排擠本大爺？排擠我這對妳有恩的學長？啊？」

「嗚哇～這ＯＢ好煩人喔。我對學長真是太失望了。」

亞霜學姊調侃般地說完，星邊學長張大嘴巴，豪不害臊地哈哈大笑。

我不太瞭解這位學長的個性，只覺得他或許是團體裡的開心果。比起以個人魅力掌握全場的紅會長，是另一種不同的領袖特質。

「好吧，先不論要不要讓那邊那個ＯＢ加入，迎新會的會場小生這邊已經訂好了。希望兩個一年級學妹務必到場。」

「啊，是。我當然不會缺席。」

「一定去！」

聽了我與明日葉院同學的回覆，紅會長面帶微笑點了點頭。

之後我們六人一起離開學校，跟著紅會長走在街上。

帶頭的當然是紅會長，我與明日葉院同學尾隨其後。在我們的背後，亞霜學姊好像還在找機會開星邊學長的玩笑，然後是羽場學長像個影子般緊跟最後面。

「學生會的第一天，感覺怎麼樣？」

紅會長回過頭來，向我們一年級組問道。

「還沒有正式開始做事，所以還說不準……只覺得很緊張。因為我比較會怕生……」

「是嗎？如果是這樣，那小生覺得妳很擅長與自己的缺點和平共處。一點都看不出來妳會怕生。」

我聽了好高興。感覺她敏銳地說中了我想被稱讚的部分。像她這樣的人，一定就是所謂的天生領導者吧。

「蘭同學妳呢？」

「啊嗚！呃，這個，那個……！」

明日葉院同學嬌小的身軀慌得手足無措，說：

「我、我覺得，氣氛……好像比想像中，來得鬆散。」

大概是太焦急了，結果竟幾乎把真實心聲吐露出來了。

明日葉院同學隨即「嗚啊！」呻吟一聲摀住嘴巴，但紅會長只是嗤嗤笑著，說：

「可想而知。小生去年，也跟妳的想法完全一樣。」

「咦……？會長也是？」

「本來以為會是更認真嚴肅的組織，但當時的會長就像妳看到的，是那個吊兒郎當的學長。小生當時還心想，這下只能靠自己振作起來了。」

紅會長視線遠望我們的後方。只見星邊學長好像在那邊模仿什麼網路直播主，被亞霜學姊罵道：「根本一點都不像！快跟愛沙的主推道歉！」……話又說回來，原來亞霜學姊遇到學長姊時，自稱用的是自己的名字啊……

「小生猜蘭同學妳，心裡的想法大概也差不多吧？」

「啊！不，那個，該怎麼說……」

明日葉院同學越說越小聲，調離了目光。看來是被說中了。

「這沒什麼不好。」

聽到紅會長堅定有力地說，明日葉院同學的視線也轉了回來。

「小生無意說什麼入境隨俗之類的論調。身為一年級生的妳認真可靠，反而能夠振奮我們二年級的精神。妳只要照妳的方式去做就行了。」

「好、好的……！」

明日葉院同學名符其實地繃緊全身，領受了紅會長的金言。實在不像是對只大自己一歲的同性會有的態度。她該不會是把會長看成天神或什麼了吧？

會長轉回前方後，明日葉院同學才終於放鬆肩膀的力道，「唉。」嘆一口氣。

「……明日葉院同學，我想問妳。」

「什麼事？」

我客氣地開口後，明日葉院同學用依然流露敵意的目光抬頭看我。她長得很可愛，所以不怎麼可怕。

「明日葉院同學是在哪裡認識紅會長的？我是之前當執委時與會長共事。」

在我的印象中，明日葉院同學並非執委的一員。她如此崇拜會長，一定是在哪裡與會長有過交集，不知道她是在哪裡認識會長的？

「……也沒什麼多特別的原因。」

明日葉院同學略微低著頭，自嘲地說了。

「我剛入學的時候，被男生纏上……平常我都可以三兩句話把對方趕走，但那次那個人特別難纏。」

原來是碰到搭訕啊。曉月同學好像說過她會被錯當成國中生，所以不太常被男生纏上。但明日葉院同學雖然個頭與她相當，無奈胸圍比較……

「我正在傷腦筋時，紅學姊正好經過，幫助了我。她當時的模樣，實在太有威嚴，太帥氣了……」

我在心中不住點頭。

從個頭而論，紅會長與明日葉院同學其實相差不大。然而不知為何，紅會長整個人看起來卻比實際身高更高大。一定是因為她不管對誰都不會畏縮，自我意識堅定的關係。

「於是，我就開始以加入學生會為目標。反正我本來就擅長念書，心想只要成績夠好，應該有機會受邀，於是就努力用功……沒想到……」

「啊哈哈……」

她用懷恨的眼神瞪我，我只能陪笑臉。

「唉。」明日葉院同學再次嘆氣。

「本來以為跟學姊寒暄時可以做得更漂亮一點，結果腦子完全亂了……伊理戶同學，妳為什麼能夠跟紅學姊那樣的人正常說話？是不是只要習慣了就沒事？」

「嗯——這個嘛……其實我一開始也嚇得渾身僵硬，不過……」

如果要說什麼成了開端……或許就是那件事吧。

我想起了此時應該跟在隊伍最尾端的，像背景一樣的那個男生。

「雖然紅會長她，像是與我們活在不同的時空……但別看她那樣，其實有些地方也是很普通的。」

「普通？妳說紅學姊？」

「嗯……我想明日葉院同學應該也很快就會知道了。」

明日葉院同學瞇起眼睛，略略皺起了眉頭。

「……總覺得，妳好像在壓我……」

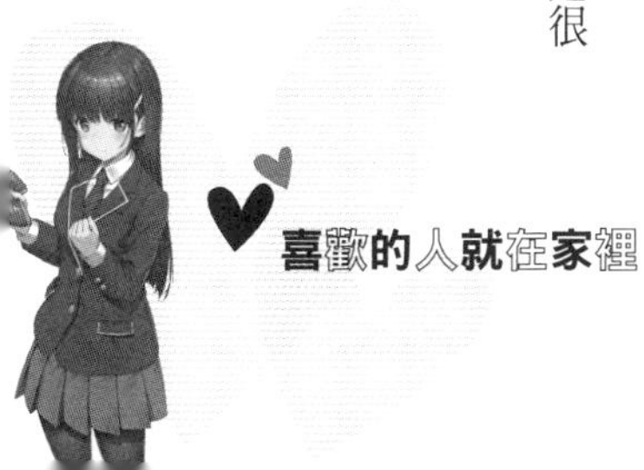

「咦？沒有沒有，我絕對沒有那個意思！」

可是……戀愛方面的話題，恐怕是明日葉院同學的地雷。

不曉得要不要緊？萬一她得知紅會長其實喜歡羽場學長，不曉得會發生什麼事。

伊理戶結女◆學生會長的副業

我們被領到一間在寧靜小巷裡擺設招牌的咖啡店，這裡就是迎新會的會場了。

不知是包下了整間店，抑或是原本客人就少，店裡沒看到其他客人，我們不慌不忙地被帶到餐桌座位。我們一年級生自然而然地靠在一起，才剛在明日葉院同學的身旁坐下，紅會長就說了：

「各位想喝什麼？」

聽了每個人的回答後，「嗯。」會長點個頭，說：

「那麼小生去做準備，各位稍候片刻。」

準備什麼？正在好奇時，會長竟然走進員工休息室去了。

「鈴理理她呀，在這裡打工唷。」

坐在星邊學長身旁的亞霜學姊說了。

我大吃一驚，說：

「打工？會長有在打工？還兼任學生會長？」

「對呀對呀，說是學習社會經驗。真服了她對自己要求這麼嚴格。」

我的天啊……真是令人生畏的活動力。而且成績還一直維持在年級榜首，怎麼想都覺得身為人的基礎能力差太多了。

「……也許我也該嘗試打工……」

原本充滿好奇心地東張西望環顧店內裝潢的明日葉院同學，喃喃自語了這麼一句。聽到她這麼說，就讓我覺得我好像也該做點挑戰。

她說得很小聲，卻被星邊學長耳朵靈聽見，說：

「勸妳還是別學那傢伙吧。她那是能力太強無處發洩的一種特殊毛病啦。」

「學長的意思是，我無法像紅學姊一樣？」

聽到明日葉院同學回得很不服氣，星邊學長一邊用大手滑手機，一邊說：

「至少要是硬撐到搞壞身體就想都別想。如果妳無論如何都想盡量效法她，重點就是一樣一樣來。要是什麼事情都想一次搞定，最後只會什麼都做不好。」

「……感謝學長的忠告。」

「哦！抽到ＳＲ了。」

講話內容很有道理，可是邊玩遊戲邊講就……看吧，明日葉院同學也給了星邊學長一個白眼。

聊著聊著，員工休息室的門打開了。

「久等了。」

紅會長現身時，已經換上了女服務生制服。

及膝裙子與白色圍裙的穿搭，儘管與會長平時的氣質截然不同，卻十分適合會長充滿女性氣質的嬌小外型。

「哦──」我小聲拍手。

「很適合妳，會長。」

「謝謝。這身裝扮也很受店裡的常客歡迎喔。」

她略顯得意。看起來有點孩子氣，真可愛。

這讓我想起，企畫簡報時的軍服風哥德蘿莉，她穿起來也超可愛的……

「學姊妳……」

「嗯？」

「該不會其實很喜歡玩Cosplay吧？」

會長頓時面露大膽的微笑，說：

「比男人更能享受穿搭的樂趣，是生為女人的特權。妳不這麼認為嗎？」

「呃……嗯，好吧，妳說得對。」

看來是真的喜歡。

紅會長用托盤端著飲料，一一放在我們面前。

「店裡可以提供輕食，儘管點別客氣。今天小生請客。」

「謝謝學姊！」

紅會長點點頭，就這樣一身女服務生打扮，到鄰桌去了。咦？去那裡做什麼？正覺得奇怪時……才發現羽場學長好像一個人坐在那桌。完全沒注意到……

明明是半開放式四人座，會長卻特地坐到羽場學長的旁邊。羽場學長傾著身體躲她，會長也逮住機會縮短距離。

坐我旁邊的明日葉院同學見狀，探身越過我前面想一探究竟。

「等、等一下……明日葉院同學？」

即使我出聲勸阻，明日葉院同學仍然一臉詫異地望著並肩而坐的學長姊，說：

「……紅學姊與羽場學長……很要好嗎？」

一問就直指核心。

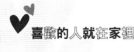

豈止要好，親密到會長都在無人教室勾引學長了，但我絕不能把這種事告訴討厭男生又是會長信徒的明日葉院同學。咦？我該怎麼辦？是不是設法蒙混過關比較好？還是說長痛不如短痛，應該趁早把真相告訴她……？

「不奇怪啦，因為他們從一年級就同班啊——」

我還在猶豫不決時，亞霜學姊一邊用吸管喝草莓歐蕾一邊說了。

「是鈴理理看出阿丈同學的才能，也是她拉他進學生會的……但他還是一樣看起來不起眼，所以鈴理理也就特別照顧他嘍。」

「原來如此，是這麼回事啊……」

亞霜學姊對我使了個眼色，偷偷對我眨眨眼睛。謝謝學姊救援！還有學姊，妳眨眼睛眨得真好！

星邊學長繼續滑他的手機，說：

「與其說是特別照顧，紅擺明了是對羽場——嘔呼！」

「對不起喔學長～♪手肘不小心撞到你了～♪」

「才、才怪！現在這一下絕對是故噁呼！」

「誰教你要長這麼大一隻呢～？要恨就恨自己的命中判定太大吧～♪」

沒理會亞霜學姊用手肘對星邊學長的側腹又撞又頂，明日葉院同學仍然一臉狐疑，注視著羽場學長的後腦杓。

伊理戶水斗◆在自己的盡頭閃耀的事物

安靜狹小的包廂中，只聽見一連串翻頁聲。

在我身旁，東頭伊佐奈在軟墊席上坐成體育坐姿，神情嚴肅專注地看漫畫。當然，她並沒有按住裙襬，從正面看的話內褲應該會一覽無遺，但我坐在她旁邊看不到，況且我提醒了她也不改，所以我決定不去理會。

我從伊佐奈大量抱進來的漫畫當中，挑出集數較少的舊作閱讀。因為這部堪稱懷舊經典的作品在書店很少看到，我想不趁這種機會大概就看不到了。

能留存到現代的經典之作，當然是因為好看才會留存下來，而且當中隨處可見超越作品類型影響後世的要素，令人興味盎然。看完後，我把整套拿去放回書架，順便從飲料吧拿個飲料。長時間獨占借來的書有失公共禮儀。

就這樣，當我回到包廂時，發現伊佐奈在膝蓋上啟動了平板電腦。

「妳在做什麼？」

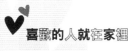

我一邊問，一邊把插了吸管的蘋果汁拿到伊佐奈嘴邊；她眼睛沒離開平板電腦，直接吸了一口果汁。

「噗哈……沒有啦，正好看到還不錯的構圖，就……」

「構圖？」

伊佐奈右手拿著觸控筆，左手則是翻開的漫畫。湊過去一看，伊佐奈似乎正在把漫畫裡的一格，用素描的方式畫進平板電腦裡。

「漫畫家真的好厲害喔，什麼構圖都要會畫才行。真不知道他們的大腦是什麼構造。」

「不……我倒覺得一想到就能開始臨摹的妳也夠厲害了。妳平常就會這樣做嗎？」

「我從以前就會照著輕小說的插畫畫圖當好玩……不過最近，我開始想認真練畫功了。」

「怎麼會忽然有這個念頭？」

「因為水斗同學，你稱讚過我呀。」

稱讚過她？我嗎？

「水斗同學或許只是隨口說說，但當你說我連構圖都自己想，畫得很好的時候……我發現，我心裡其實高興得要命。我後來發現，我經常回想起你那不經意的一句話……於是就覺得既然這樣，乾脆再認真努力練習一下好了，雖然想法很單純，但我就是產生了這種心情。」

伊佐奈嘴角綻放微笑，但未曾停筆。

「後來不知怎地，就覺得畫畫的時候好開心。」

連我自己，都不記得有說過那句話。那一定真的只是不經意的，未經過特別思考的一句話。

但是，這一句話，或許在伊佐奈的心中開啟了某一道門。儘管我早就知道，這傢伙明顯具有某種才華……然而像這樣就近清楚擺在眼前，卻使我受到了一種無法形容的震撼。

我發自內心感到驚訝，發自內心感到高興……也發自內心地，羨慕起她來。

伊佐奈找到了只屬於她的某種事物。

與上次正好相反，現在的她看起來閃亮動人，反而換成我快要自慚形穢了。

……我沒有理想。沒有可以做為目標的自我。儘管伊佐奈說，這樣的我還是可以喜歡別人，但那並不足以讓空虛的我產生改變。

可是……假如我對她的這份光輝，做出了如此巨大的貢獻，或許表示其中還是有點意義在。

我，存在於此時此刻的意義。

我坐到全神貫注地畫畫的伊佐奈身邊，肩膀輕輕靠過去。

「還想被我稱讚的話儘管開口。」

「不了，虛情假意的稱讚反而會降低我的動力。」

「妳這傢伙真難伺候耶。」

伊理戶水斗◆忍耐是我的義務

『——……哈，啊……啊……！——』

嗯？

不知從何處傳來的聲音，使我轉過頭去。

是我聽錯了嗎……？應該……不是吧？剛剛，我的確聽見從某個地方，傳來了引人遐想的叫聲……

『——啊……不要，啊啊！』

「呼啊！」

這次聲音變得比剛才更清晰，把原本專心素描的伊佐奈也嚇了一跳，挺直背脊。

我們面面相覷。

「（喂，這個聲音是……）」

「（我、我也覺得……你也聽見了吧！）」

我們自然而然地壓低聲音說話。

大概是不用做確認，我們也都心知肚明。知道這聲音的來源，以及代表的意義。

我們不約而同地，慢慢回頭望向背後。

『——啊，不行……』

在我們的背後，只有一面冰冷的牆壁。

不……在那面牆壁的後方，還有別的空間。

還有隔壁，那間雙人包廂的隔間。

側耳傾聽，彷彿還能聽見窸窸窣窣的聲響。綜合這些情況，照正常邏輯解釋的話，怎麼想都只會覺得這面牆壁後方，正在幹那碼子事。

「（欸啊……呼喔哇啊……！隔、隔隔、隔壁，隔壁……！）」

「（妳、妳冷靜點啦。）」

「（他、他們在——在做那件事對吧！完、完全就是在……愛、愛——）」

「（叫妳冷靜點了沒聽到啊！）」

「（唔咕唔唔唔！）」

我急忙伸手，摀住伊佐奈的嘴巴。

「（冷靜下來好好想想……沒錯，我也曾經聽說有人會在漫畫咖啡店做那種事，但也沒那麼容易碰到吧。反正一定是A片之類的啦。）」

「（說、說得……說得也是。怎麼可能那麼容易遇到——）」

『——嗯嗯……哈……啊啊……——』

「（水斗同學……以A片來說，這個叫床似乎太低調，太寫實了耶。）」

我哪知道那麼多啊！我倒想問妳是怎麼知道的！

伊佐奈所說的低調叫聲隱隱約約地迴盪室內時，伊佐奈輕輕拉開我摀住她嘴巴的手，紅著臉，視線到處游移，目光閃爍。

「（水、水斗同學……這、這樣有點……）」

「（啊。）」

這時我才發現，我貼她貼得太近了。

我剛才沒多想就抓住了伊佐奈的肩膀，跪在軟墊上的膝蓋，也鑽進了伊佐奈採體育坐姿的大腿底下。恐怕我只要抓住她肩膀的手稍稍使力，輕輕鬆鬆就能把伊佐奈推倒。

不只如此，伊佐奈還縮起肩膀抬眼注視我，使得氣氛更加不妙。隔牆傳來的叫聲，硬是迫使思維往那個方向發展，逼我把注意力放在伊佐奈有規律地上下起伏的胸前——

「（……視線……）」

伊佐奈顯得有些害羞地，低聲說了。

「（靠得這麼近的話，就算是我也感覺得出來的，水斗同學……）」

「（不是，那個……是我不好……）」

「（不可以這樣子，對結女同學喔。）」

繼而，伊佐奈用指尖輕搓瀏海，說：

「（不過……對我的話沒關係。）」

……有時候，我會懷疑這傢伙會不會是故意的。

懷疑她嘴上說已經沒打算跟我怎麼樣，其實還是想伺機誘惑我。

可是她真的就是個天然呆，就是這樣才難應付。

我是個普通的男人。只不過是不容易顯現在臉上，但就只是個普通的男人。即使我把伊佐奈歸類為朋友，但有些時候，那方面的慾望不免還是會受到刺激。

既然這傢伙就是這種人……只能由我負起責任，自我克制了。

「哇！」

我把伊佐奈的臉擁進懷裡，把她的頭亂摸一通。

看，就跟大型犬一樣。就跟寵物沒兩樣。我沒有對寵物發情的癖好。這是寵物，寵物，

寵物……

「等等，等等，水斗同學！我、我要悶死了……！」

伊佐奈在我的臂彎裡激烈掙扎——一不小心，她的腳「砰」一聲，踢到了桌子。

接著，桌上高高堆起的漫畫一個搖晃，往旁邊歪倒。

「啊——」

回過神來時我已經伸手過去，想支撐住堆起的漫畫。但是，就在這時，為了支撐向前探出的身體，另一隻手又反射性地抓住手邊一個物體……

「——嗯啊！」

這次香豔的聲音不是隔著牆壁，而是就近傳來，漫畫高塔就這樣脆弱地崩塌，掉了一地。

我的一隻手，正抓著某種極其柔軟的物體。

它大到無法收進手心，能讓手指無限下沉，但又富有彈性能把手指推回來。在這柔軟的質感前面，隔著一層邊緣穿有鐵絲般物體的硬質觸感。

「哈啊……啊……」

伊佐奈雙頰紅潤，反覆做著急促的呼吸。

手伸到身後撐在散落一地的漫畫堆中，形成支撐上半身的姿勢，承受我的手掌。

承受我……攫住她一邊乳房的手掌。

「——……水斗……同學……——」

既不抵抗，也不甩開我的手，伊佐奈用水汪汪的眼睛看著我。

我變得無法區分她那眼眸與牆壁另一頭的聲音帶來的幻覺，霎時間開始害怕起來。

我碰到她了。

儘管成天打打鬧鬧，以往我從未用掌心碰過她——現在卻這樣一把攫住。

同時，這也證明了一項事實。

證明了即使我這麼做……伊佐奈也不會抵抗。

我戰戰兢兢地，從她的胸部鬆手。

我一鬆手，伊佐奈也同樣緩慢地，拉平凌亂的裙子，轉向了一旁去。

良久，她說：

「………水斗同學……你是……故意的嗎…………？」

伊佐奈輕聲低喃。

「水斗同學喜歡的是結女同學，所以……別看我這樣，我也是有所顧慮的，很多時候我都忍耐住了……！但你怎麼可以做出這種挑逗我的動作呢？要是害我失去理性，我可不管喔！」

……她這樣子，還已經算是有所顧慮了？

那要是毫無顧忌會是怎樣？

伊佐奈迅速轉回來朝向我，眼睛發直，手腳著地步步逼近。

「假如我再也忍不住了……你可要負責喔。」

「什、什麼責任……？」

「我會逼你偷吃喔。會逼你跟我一起陷入悖德的男歡女愛喔。」

我稍微放心了。因為我沒來由地覺得，現在能夠像這樣隨口開玩笑，就表示實際上應該不會發生。

「等我畫些A漫什麼的時候，你得當資料喔。」

「這好像哪天真的會成真，我可不要。」

「總之！請不要做出有意無意地誘惑我的舉動！」

這話我很想原封不動還給她，但關於這方面的事，恐怕還是得由我來控制分寸——我只能點頭。雖然真要追究的話，出於意外碰到她算不算得上是有意無意的誘惑還值得商榷……

「唉。」伊佐奈嘆了口氣，說：

「總之這次呢，就當作是隔壁違反公共禮儀做色色的事不好——奇怪？」

「怎麼了？」

伊佐奈忽然間，看了看牆壁——剛才還隱約傳出惱人叫聲的隔壁包廂。

……咦，怎麼搞的？

「隔壁——是不是安靜下來了……？」

伊佐奈說得沒錯。

不知不覺間，隔牆傳來的叫聲與聲響，全都消失得了無痕跡。

是發現被我們聽見了嗎……？不，就算是這樣好了，那也不至於像這樣完全消失不見……

我們面面相覷，然後不約而同、輕手輕腳地走出了包廂。

接著，我們探頭偷窺隔壁的包廂。

空無一人。

毫無半點氣息。

「…………水斗同學，你知道嗎？」

「…………知道什麼？」

「聽說聊黃色話題，可以把鬼嚇跑喔。」

「現在講這個幹什麼？」

這跟現在的狀況有何關聯？

伊佐奈依然面無表情，但渾身陣陣發抖。

「水斗同學……今天，請你送我回家。」

「……好。」

「還有，下次來漫畫咖啡店時，我還是要你陪我。」

我心想：這傢伙真堅強。

換作是一般人，下次大概不會再來了吧。

伊理戶結女◆喜歡的人就在家裡

當夕陽西斜，大約半片天空轉黑的時候，學生會的迎新會宣布解散。

「那麼，學生會從明天開始正式運作。請諸位多多幫忙了。」

「我、我會努力的！」

「請會長多多指教！」

眾人三三兩兩各自離去，我獨自踏上回家的路。

一路上，我想起今天認識的幾個人。

首先是把我視為勁敵的明日葉院同學。過去的經歷與認真的個性讓她成為了反戀愛主義者，要是知道我或紅會長的狀況，我擔心她會氣瘋。

然後是作為前輩似乎很有擔當的亞霜學姊。但她對男生好像有點愛耍小心機，坦白講，我不會想讓她接近水斗。還是說，她那是只對星邊學長一個人？

最後是前會長星邊學長。乍看之下像是個態度不認真的人，但從言談之中感覺得出他其實心思細密。嘴上說是閒著沒事才跑來，事實上是怎樣就不知道了。

從未加入過社團的我，這次是第一次結交到學長姊與同屆的朋友。換作是國中時期的我一定會滿心不安，怕自己不能融入圈子——但是，現在的我不同了。

我感覺世界變得更有樂趣。

像是期待，又像是確信。這種興奮雀躍的心情，填滿了我的心胸——

「——啊。」

邊走邊想著這些事情時，我看到前方出現一個熟悉的背影。

秋意已濃，白晝也變短了。此時夜色已深，難得看到他還在這種地方閒晃。也許是跟東頭同學或誰去了其他地方。

他還沒發現我在他背後。這使我心裡萌生了惡作劇的念頭。

我賊賊地一笑，憋住呼吸靠近那熟悉的背影——

「哇！」

「哦哇啊喔喔啊！」

他——水斗整個人嚇得蹦了起來，像是被電到般從我面前大退好幾步。

看到他反應這麼大，惡作劇嚇人的我反而被嚇呆了。

「嚇、嚇到我了……我沒想到你會嚇這麼大一跳……」

「啊……喔，是妳啊……」

一回頭看到是我，水斗尷尬地別開了目光。

啊，這反應好可愛。他害臊了。

水斗就像女性向遊戲裡的角色那樣沒事摸摸脖子，說：

「因為一些原因，我剛剛把伊佐奈那傢伙送回她家……學生會結束要回家了？」

「嗯。會長在她打工的店裡為我們辦了迎新會。」

「打工？妳說她嗎？無法想像……」

嗯——比起平時變得健談多了。

我看一定是很想掩飾剛才的反應過度吧。

「欸，一些原因是哪些原因？」

我與水斗縮短一步距離，定睛注視著他的眼睛一問，水斗神色有些退縮地說：

「……就一些無聊的小事……」

「什麼樣的小事？應該說，你跟東頭同學去哪裡玩了？」

問題自然而然地從嘴裡冒出。

我並不是在嫉妒東頭同學。他們倆單獨出去玩也不是第一次了。

我只是——很想多了解一點。

當我跟學生會的成員們共度時光時，水斗都在做什麼？我只是極其自然地，理所當然地想從他口中，知道我所不知道的他。

反過來說，我也想跟他聊。

聊我今天遇到的事，今天認識的人，在新環境得到的新體驗。聊你所不知道的我。

我想跟你聊，聽你說，跟你一同回顧今天，這個值得紀念的日子。

幸運的是，我有很多時間。

因為，我們——

「……知道了啦，告訴妳就是了。反正要走同一條路回家。」

跟喜歡的人住在同一個家裡，實在太不方便了。

但是，跟喜歡的人住在同一個家裡，真的很幸福。

因為，這樣就不用說再見了。

不用說明天見，然後各自走向反方向。

即使在白天各自待在不同的地方，到了晚上還是能夠回來同一個地方，分享今天發生的事。

像是你那些我想了解的部分。

或是我一些你不知道的部分。

可以一一解明，我與你之間的不可思議。

「今天我跟伊佐奈去體驗了漫畫咖啡店的雙人包廂，結果——」

不是，你們跑去那種地方做什麼？

……能吃這種醋，也是住在同一個家裡才有的奢侈特權。反正論等級，住在同一個家裡絕對高過漫畫咖啡店的雙人包廂！

伊理戶結女◆前女友想當小惡魔

我，伊理戶結女，喜歡伊理戶水斗。

以這種狀況本身來說，基本上與兩年前我初次遇見他時沒什麼太大不同——不同之處在於，如今我已經成長為成熟女性，以及已經跟水斗交往過一次並分手……然後，自從成為繼兄弟姊妹到現在，我已經對他講過了太多不堪入耳的酸言酸語。

我就明說了。

事到如今要再來說喜歡他，實在難以啟齒。

……不是啊，我有說錯嗎！之前都已經故意惡言相向那麼久了，現在忽然散發出喜歡他喜歡到不行的氛圍，豈不是很噁心嗎！而且我就是會害羞嘛，可以理解吧！

如果可以，我希望能夠不用把好感表現得太明顯，又能夠擄獲水斗的心。

希望能夠超越國中交往的那段時期！讓他變得比那時候更喜歡我，最好還能由他主動告

白。

我可沒有在怕什麼，只是覺得這才叫公平。因為，上次是我向他告白的。

因此，我立志的目標只有一個。

就是讓他難以分辨我究竟對他有沒有好感，好像弄得懂又好像弄不懂，搞得他心裡七上八下的小惡魔女生！

幸運的是我別的沒有，就只有機會特別多，於是一逮到機會就勇於挑戰，可是……

「水——水斗！」

看到水斗坐在客廳的沙發上，我下定決心，撲向他的肩膀。

輕鬆自然的身體接觸！

這是引起男生那種意識的必殺技……曉月同學是這麼說的。

我更進一步從旁邊探頭窺探水斗的臉，說：

「你、你在……做什麼？」

入侵個人空間！

面對距離感特別貼近的女生，男生總是光速淪陷……曉月同學是這麼說的。

水斗輕瞥我的臉一眼後，視線隨即轉回自己的大腿上。

「看書。看就知道了吧。」

「喔——……看什麼書？」

「有英文單字擬人化女主角的密碼解讀作品。」

什麼跟什麼啊？他真的很喜歡怪怪的小說耶……

不過，抓準機會勇於進攻才稱得上小惡魔！

「哦～好像很有趣。下次借我看好不好？」

理解與興趣！

男生基於天性，當女生在距離貼近時表現出理解與興趣，會不禁覺得「這個女生該不會是對我有意思吧？」……曉月同學是這麼說的。

好，心裡儘管七上八下吧。發動你的自我意識吧！為了我心煩意亂吧！

「這是跟伊佐奈借的，沒辦法借妳。」

水斗又翻了一頁。

…………

「這……這樣啊。」

現在進入反省時間。

剛才的整個過程，為什麼會以失敗告終呢？

……仔細想想，應該是因為跟平常的對話沒什麼不同吧？

豈止無法讓水斗自我意識過剩，反而是我一個人在臭美，自以為在發動攻勢，其實所作所為跟平常根本沒兩樣，難道不是這樣嗎？

好了，那邊那位同學！請勿得理不饒人。

「……………」

這招偶爾也是行得通的，我是說真的！潛能有一成的機率會覺醒！

可是，九成都是這副德性。

以為自己有所成就，其實一事無成。

好、好難喔……要怎麼做才當得了小惡魔？

伊理戶結女◆喜歡的人不見得是喜歡的類型

學生會室並非總是全員到齊。出於每個人各自的公私問題，常常會有一兩個人缺席，極少時候甚至只有一人在場。

加入學生會過了一段時間，我漸漸發現上述的出席率其實也有著些許的固定法則。比方說，很少有事情能夠讓明日葉院同學缺席。比方說只要紅會長在，羽場學長大多也在，不在的時候大多是兩人一起缺席。比方說亞霜學姊有時會隨興缺席，但星邊學長在的時候大多都會過來——諸如此類。

這天，是只有紅會長與羽場學長缺席的日子。

放任星邊學長躺在會客沙發組上滑手機，我、明日葉院同學與亞霜學姊，在會議桌用筆記型電腦處理工作。

我的工作，是替即將來臨的體育祭製作公關資料。像這種文書工作全都是歸書記處理，使我自從加入學生會後漸漸練會了打字。

「小結子我問妳喔——妳喜歡什麼樣的男生啊？」

亞霜學姊跟我一樣在噠噠有聲地敲鍵盤，卻找我聊起毫不相關的話題。

亞霜學姊的職位是副會長，工作內容當然就是輔佐會長。但紅會長本身根本是個超人，什麼事情自己都處理得來，就算需要幫助也有羽場學長隨時隨地跟隨左右，因此亞霜學姊的主要工作就變成帶領並輔助我與明日葉院同學。

聽說亞霜學姊在上屆學生會是書記，她教了我很多工作，當我發現時已經開始用「小結子」這個暱稱叫我了。所以有亞霜學姊來幫忙時事情總是做得很快——做得太快，常常變成邊聊天邊做事。

「學姊，現在是工作時間。」

個性認真的明日葉院同學責備學姊。她在處理文書工作時，總是一再地轉動肩膀或脖子，讓我覺得胸部大實在很辛苦。我最近也常常覺得胸圍形成了負擔，也許該考慮做健身了。

就這點來說，亞霜學姊胸部明明大到穿著衣服都看得出來，卻好像完全不會覺得肩膀痠痛。小腹等部位也非常平坦，說不定有某些她獨門的鍛鍊法。

被明日葉院同學念了一句，亞霜學姊卻既不停手也不停口，說：

「又不會怎樣～跟學妹增進友情也是工作之一呀。順便問一下，蘭蘭妳呢？」

「我怎麼了？」

「我問妳喜歡哪一型的男生？」

「我喜歡一輩子不會進入我視野的類型。」

真是冷若冰霜。明日葉院同學的反戀愛主義可說堅定不移。

亞霜學姊不知從何時開始也給明日葉院同學取了「蘭蘭」這個暱稱，不知為何臉上堆滿賊笑說：

「哇——聽了真讓人放心。其實啊，我妹妹好像也不喜歡男生喔。」

「妳有妹妹？」

我還是第一次聽說。亞霜學姊表情變得更加歡快，說：

「對呀！念國一！超可愛的！……然後呢，我妹妹也跟蘭蘭一樣，對男生態度很差，但應該說沒有蘭蘭這麼徹底嗎……所以看到蘭蘭會讓我很放心，想說我妹妹說不定有一天也會變得這麼固執，打死不讓男生靠近。」

「……呃——請問整件事情有哪裡讓學姊放心了？」

「這樣就不會有壞男生接近我可愛的妹妹啦！」

我看這個人才是最讓人不安的遠因吧……我還沒見過亞霜學姊的妹妹就為她擔心起來了。

「所以呢？小結子喜歡哪一型的男生？」

「……非說不可嗎？」

「妳跑不掉的——快快從實招來！」

問我喜歡的類型，我現在腦中只會浮現一個特定人物的臉。可是亂掰或隱瞞反而更可疑……那就稍微講得抽象一點……

「可……可能比較喜歡知性型的吧。」

「哦。還有呢？比方說長相方面。」

「長相就……線條纖細一點……」

「酷帥型的啊——個性呢？」

「……平、平常不愛理人，但偶爾會變得很溫柔，這樣？」

這什麼啊？羞死人了！簡直好像在羅列水斗觸動我心弦的部分……！

亞霜學姊笑咪咪地說：

「原來如此原來如此，不錯喔——！很有少女作夢的感覺！要是現實當中，也有這種少女漫畫男主角般的男生就好了。」

「就……就是呀！」

要是真的有就好了～

「……無聊。」

明日葉院同學低聲喃喃自語的兩個字，狠狠刺進了我的胸口。

不、不是的。我說這些只是經過特別美化，擷取重點而已！那傢伙也會在洗完澡後打赤膊走來走去，或是小趾頭撞到拉門的尖角破口大罵，其實也有做很多很遜的事情！不是說那傢伙看在我眼裡就變成我說的那樣！又不是國中生！

「那、那亞霜學姊妳自己呢？」

「嗯？我嗎——？」

我把話題丟給亞霜學姊以掩飾羞恥，學姊高興地回答：

「我啊——早就決定好了——如果要交男朋友，非這個類型莫屬！」

「什麼類型？」

「比我高二十公分以上的人！」

她說……二十公分？

但亞霜學姊的個頭，還滿高的……都可以跟男生比了。應該是沒到一百七十……但可能有到一百六十公分的後半……

「……那樣的話，個頭要很高才行吧？」

「說到重點了~真不想長到這麼高……」

亞霜學姊發自內心嘆了口氣。我覺得個頭高就像名模一樣好看，不過可能每個人都有自己的自卑情結吧……

「比學姊高出二十公分以上……那就是一百八十幾公分——」

——咦，那說的不就是……

我的眼睛，轉向了躺在沙發組上，閒著沒事做的三年級學長。

學長身高將近一百九十公分，比一般高中生高出許多。

能符合亞霜學姊對男朋友的要求，沒錯……頂多也就那位學長了……

我講話一停頓下來，亞霜學姊就像貓妖一樣邪門地微笑，敲鍵盤的手也停了下來。

然後她一轉身，對著背後——回頭望向沙發組，大聲說了：

「學長——！說到這個，我忘記學長身高幾公分了——」

咦！竟然這麼大膽！

不像我大吃一驚，星邊學長邊滑手機邊說：

「啊？一百八十七公分啊，怎樣？」

亞霜學姊一聽，拉開椅子站起來說：

「這樣啊。愛沙是一百六十八公分。」

咦？

我一心生疑問的瞬間，亞霜學姊快步移動到沙發組那邊，越過椅背探頭看著星邊學長的臉。

然後，她說了。

用淘氣的語氣。

像個小惡魔似的。

「——真可惜♪就少那麼一公分呢，對不對？」

被她這樣說，星邊學長眨了幾下眼睛之後，板起臉孔一翻身，把頭扭向一邊去了。

「……關我屁事啊？」

聽到他掩飾內心動搖般的咒罵，亞霜學姊心情痛快地嗤嗤發笑。

……………………

「……太厲害了……」

「嗄？」

聽到我不禁發出的低喃，明日葉院同學一臉詫異。

我急忙轉向電腦螢幕，假裝什麼也沒說。幸好明日葉院同學似乎也以為是自己聽錯，繼續去忙自己的事了。

那種有意無意的態度……

把男生玩弄於股掌間的精湛功夫。

那個……！那個正是……！

正是我想對水斗做的事——！

伊理戶結女◆小惡魔入門

文書工作做到一個段落後，我轉為跟亞霜學姊一起列印剛整理好的資料。

由於張數很多，我們不用學生會室裡的印表機，而是使用列印室的大量列印用器材。列印室是一個不太寬敞的封閉房間，室內只有印表機與影印機等器材，也鮮少有其他人過來，正適合用來講悄悄話。

側眼看著列印器材機械性地吐出資料，我怯怯地主動開口：

「請、請問一下……亞霜學姊……」

「嗯？什麼事——？」

學姊坐在折疊椅上蹺起長腿，原本正在用手機確認一些東西，這時看著我微微偏了偏頭。

就連這麼一個小小動作都好女孩子氣，好可愛……明明體型等方面比較屬於美女型的說。

「該怎麼說才好……我有點事情，想聽聽看學姊的意見……」

「咦！什麼事啊什麼事啊！戀愛話題嗎！」

沒想到她會這麼感興趣。

亞霜學姊紮在腦袋兩邊的頭髮彈跳了一下，一鼓作氣逼近過來。

「快說快說！快給我和盤托出！我的主推以外的戀愛話題我都愛聽！」

「妳的主推的話就不行嗎？」

「那當然不行啦！有哪個男的敢接近蘭蘭，我就要把那個臭男生給……！」

亞霜學姊兩眼發直，雙手顫抖。原來她的主推是明日葉院同學啊……是看到學姊很寵她沒錯。

「我的事情不重要啦！所以，妳要聽我的什麼意見？」

「呃……其、其實也不是什麼了不起的事！」

「嗯嗯。」

「妳剛才……跟星邊學長做的那種動作，是怎麼辦到的？」

亞霜學姊一臉不解地偏了偏頭。

「剛才？跟學長？……妳是說哪個？」

「就是妳說『真可惜♪』的……那個小惡魔舉動！」

如果我都講成這樣了她還是愣住，該怎麼辦？如果剛才那個完全是天然呆舉動，亞霜學姊本人毫無自覺的話……我就變成一個問怪問題的學妹了！

這份不安的心情，一瞬間掠過心頭。

然而。

……亞霜學姊並沒有愣住，而是一臉肅穆，闔眼沉默良久。

「——妳想知道嗎？」

最後，學姊依然閉著眼睛，語重心長地說了。

「妳想一窺本人密技的堂奧嗎？」

「咦？……很、很想！」

突然開始上演的異樣戲碼把我嚇了一跳，但總之先配合著演再說。

亞霜學姊緩緩睜開眼睛，接著雙臂交叉把胸部撐起來。

「總之先坐吧。此事說來話長……」

我聽話地把旁邊一把折疊椅拉過來，與亞霜學姊面對面坐下。

亞霜學姊蹺起長腿，吊人胃口地嘆一口氣。

「……我得先聲明。接下來我所告訴妳的祕密，妳千萬不可告訴別人。」

「好、好的。」

「特別是不准告訴學長！絕對！不准跟他說！」

「好……好的……」

好強大的壓力。

她究竟要向我透露什麼樣的祕密？

「——我的小惡魔呢……」

「是。」

「是人工栽培出來的。」

「…………這我知道啊。」

「咦？」

可以請妳別一臉由衷感到震驚的表情嗎？

雖然我剛才也懷疑了一下下，但這世上怎麼可能有女高中生能靠天然呆做出那種舉動嘛。

「哼……哼哼。竟然能夠看穿我的真面目，小結子妳挺有兩下子的嘛。」

亞霜學姊裝出天不怕地不怕的笑臉。擺明了是在掩飾尷尬。

「好吧，老實說啊，我當宅女當很久了。」

「這我也感覺出來了……不過是哪種方面的宅女呢？」

「嗯——就普通啊？喜歡動漫或是電玩什麼的……還有就是，那個，也有玩一點Cosplay……」

Cosplay！

包括會長在內，學生會竟然有兩個人的興趣是Cosplay……

「這個也不要說出去喔！被學校抓到會滿麻煩的！」

「我、我知道了。」

「話又說回來，所以嘍，我有點……嚮往那個……」

「咦？……嚮往什麼？」

亞霜學姊沉默片刻後調離目光，顯得很尷尬地說了：

「…………宅圈公主…………」

「……啊——」

這個名詞我曾有耳聞。

如果我沒記錯，應該是指基本上男生居多的御宅興趣圈子裡的唯一一個女生。

「不是啊，想被捧在手心裡不奇怪吧！既然都生為女生了嘛！想滿足自尊需求不奇怪吧！是不會想努力當上偶像什麼的，但如果身邊就有個可以即時輕鬆當小公主的環境，豈不是棒透了嗎！」

「真是忠於自己的欲望……」

「可是……可是啊……！阿宅都比較喜歡嬌小的類型嘛。胸部也要大才符合時下流行嘛！我自己就很喜歡那種角色啊！可是就像妳所看到的，我個頭暴風抽高這麼多！穿起有荷葉邊裝飾的衣服一點都不好看！」

……奇怪？先不論個頭，胸圍的話亞霜學姊不也算得上大嗎……？

「所以……所以至少，我想讓我的個性變得比較像那樣嘛……！就想當個可以玩弄阿宅的小惡魔嘛……！嗚呼哀哉……」

她開始假哭了。奇怪？明明是我有事請教她，怎麼變成我得來安慰她了？

「別、別哭別哭。我覺得學姊長得也很可愛呀。這種髮型也很適合妳。」

「是吧～？小結子最懂我了～！」

一秒就復活了。同樣是宅女，跟東頭同學卻是正好相反的陽光氣質呢……

「該怎麼說呢？這下我弄懂很多事情了。難怪學姊這麼喜歡明日葉院同學。」

「雖然第一次看到她時我差點快氣死就是。心想：這是哪裡來的理想化身啊！老天爺究竟要考驗我到什麼地步！這樣。」

「還有，我也明白妳為什麼說喜歡那種類型了。的確，如果待在星邊學長身邊，學姊看起來就會嬌小許多了。」

「……不、不不不。學長還少一公分啦。」

亞霜學姊忽然變得支支吾吾，目光轉向一旁。還開始用指尖轉動玩弄起髮梢來。她是怎麼了？

「呃……妳不是喜歡星邊學長嗎……？」

「我！我哪有可能喜歡他啊～！只不過是學生會裡只有學長一個男生，開阿丈同學的玩笑鈴理理又會生氣！只是沒別的選擇！只是鬧著玩的好嗎！」

……我看妳是怕了吧！

看到這彷彿鏡中倒影般的推託態度，我得到了異樣的安心感。雖然我可沒有在怕什麼。

「別說這個了！一開始的話題！妳要問小惡魔舉動的訣竅對吧！」

「啊，對！」

「對了……順便問一下，妳要用在誰身上？」

啊，眼神帶有一點戒心。

也許是在擔心目標會不會是星邊學長吧。

「至少我可以說，不是學生會的相關人士。還有，他念一年級。」

「這……這樣呀。」

亞霜學姊的臉頰稍微變得沒那麼緊繃，看來是放心了。會長也是，學生會的學長姊都讓我覺得有點溫馨可愛。

「呃哼。」亞霜學姊清清嗓子像是想轉換氣氛，說：

「那麼，我就傾囊相授吧！說到如何才能當個小惡魔！」

「是！」

「徹底分析箇中奧祕，只有一個重點！」

亞霜學姊筆直豎起手指，告訴我。

「『一臉若無其事的表情，做出只可能對心上人做的事情』——此乃不二法門！」

我細細玩味這句話片刻，在腦中複誦，然後——

我輕拍了一下膝蓋。

真是有如醍醐灌頂。用若無其事的表情，做出只可能對心上人做的事情——原來如此。

這麼一來，對方就會想知道我到底是什麼意思想到快發瘋！

「學姊！」

我感動萬分地從椅子上站起來，牽起了亞霜學姊的手。

「師父……請讓我叫妳一聲師父！」

亞霜學姊當即露出大膽無畏的微笑，說：

「好，我就收妳為徒！」

安靜狹小的列印室裡，迴盪起詭異的嘈雜笑聲。

南曉月◆只能對喜歡的人做的事

「嘿，我來洗澡嘍——」

我一手拿著替換衣物，邊脫鞋邊往客廳走。

我跟川波現在仍然習慣在雙方爸媽不回家的時候，在其中一人的家裡燒水輪流洗澡。因為這樣既省事，又省錢，而且以前也都是這麼做的，所以只是恢復到以前的狀態罷了。

絕對不是因為結女在忙學生會的事，變得不太常陪我，我寂寞難耐才這麼做。絕對不是。

結果現在，我們那四人小團體裡的回家社社員，就只剩我一個了——雖然多得是方法殺時間，但總覺得好像被大家拋下了。

「……我看我也去打工好了……」

其實到目前為止，我偶爾也會做些短期打工……可是，我又不是很缺零用錢——我爸媽也跟川波一樣，屬於不太照顧小孩但是會給很多零用錢的類型。

我一邊想著這些事情一邊探頭看看客廳，卻沒看到任何人。

「……奇怪？」

我偏著頭在客廳裡走來走去，就聽到遠處傳來水聲。

啊，是浴室的水聲。原來他先去洗了。

我稍微看一下更衣室，發現磨砂玻璃內側有個人影。今天動作真快，也許是去做過運動了吧。

「…………」

望著磨砂玻璃內側移動的人影，一種心情就在心中湧生膨脹。

這就是所謂的鬼迷心竅嗎？缺乏結女成分帶來的空虛寂寞，使我萌生了一個念頭。

來嚇他一跳好了。

我把替換衣物放在洗衣機上，然後脫掉襯衫，脫掉裙子，脫掉胸罩，連內褲也順手迅速扒掉，用我留在這裡給自己用的浴巾裹起裸體。

然後，我用輕鬆的心態打開了浴室的門。

「……嗯啊？」

用洗髮精弄得滿頭泡沫的川波，閉著一隻眼睛轉頭看我。

看到我的性感姿態，他嘴巴張得好大，說：

「——嗯啊！」

「啊——原來你在裡面啊——我都沒發現耶——」

「最好是！」

我伸手到背後，啪嚓一聲關上門。

「我懶得把衣服穿回去了，就跟你一起洗吧——♪順便再幫你洗個背♪」

「噁不噁心啊……」

川波一副發自內心敬謝不敏的表情，抓來一條沐浴巾遮住了胯下。

我毫不客氣地湊過去看，一面說：

「又不是第一次了，還有必要遮遮掩掩的嗎？」

「我已經沒義務露給妳看了啦。妳才是沒必要遮遮掩掩的吧？」

「啊，說得也是喔。」

「等……妳這笨蛋！」

我故意在川波背後隨手解開浴巾打的結，他急忙閉上了眼睛。

我咿嘻嘻地笑著，靠到川波赤裸的背上，在他耳邊呢喃：

「奇怪了？你在慌張什麼呀？又不是第一次了，不是嗎？不就是我的裸體嘛……啊，還是說，看到我的裸體會讓你有哪裡不方便嗎——？」

「……少跟我開黃腔。」

「咦——？我哪有啊——」

「啊——煩不煩啊！」

明明平常老是說，沒辦法用色情的眼光看我的身體。真夠遜的。

玩得太過火，他就要過敏症發作起蕁麻疹了。目前就先玩到這裡，我開始搓洗川波滿是洗髮精的頭髮。

「還有沒有哪裡會癢啊——？」

「很多地方。妳手有夠小。」

「真對不起，請客人見諒——」

「痛死了！不要用抓的！要禿頭了要禿頭了！」

把整個頭大致洗完一遍後，我打開蓮蓬頭沖掉洗髮精。從白色泡沫底下，逐漸露出不同於平常髮梢玩痞子造型，變得平貼頭部的髮絲。

「我看你不弄奇怪髮型反而比較好看吧？」

「要妳管。這跟適不適合無關，是我自己喜歡。就像女生明明男人不喜歡還是要塗指甲油一樣。」

「喔——……」

但我覺得直髮看起來酷酷的也很好啊……

「好了。再來輪到身體嘍。」

「洗過了。」

「最好是。你明明都是先洗頭。」

「這種事情妳要記到什麼時候啊……」

……當然記得啊，我有一段時期可是幫你從頭頂洗到腳尖耶。

「不用擔心，我只幫你洗背。」

「……喔。」

我拿沐浴巾擠上沐浴乳搓出泡沫，擦洗比往日寬闊一點的背。

啊——或許還是不該這麼做的。像這樣洗著洗著，會使得自己過去的失敗無可避免地閃現腦海。

以前的我，小小的皮膚、肌肉甚至是每一個毛孔我都喜歡得要命，眼中只容得下這些，以為這一切都是屬於我的。以為我這麼盡心盡力，小小一定也會很高興，卻從沒想過看看他的表情。

不成熟又愚蠢的，小孩子的傲慢。用黑歷史三個字，實在不足以形容那太過巨大的傷痕。

我反省過了，也試著改掉這個毛病。可是，到現在還是沒能完全改好。大概我天生就是那種人，今後大概多多少少還會再犯下類似的過錯吧。

既然這樣，最起碼，對於被我傷害最深的這傢伙……即使只能做到一點點也好，希望能讓我負點責任……

「……我說啊。」

難得產生誠懇態度的我，對著眼前的背說話。

「我看，還是你來洗好了。」

「嗄？一開始是妳說要洗的……」

「不是這個意思……我是說，你來幫我洗。」

「……嗄？」

川波睜圓了眼睛回過頭來。我用蓮蓬頭沖掉泡沫後，抓住他轉過來的臉孔，把它轉回正面。

「你先看旁邊一下。」

我把浴室裡的另一把椅子拿過來，跟川波背對背坐下。然後，我輕輕解開纏在身上的浴巾抱在身體前面，變得只露出背部。

「可以了。」

我感覺到他轉過頭來。接著是片刻的沉默，然後他說：

「……妳這是什麼意思？」

「我已經幫你洗了幾百遍了吧。我洗膩了，這次換你。」

「什麼叫洗膩了……」

這叫復健。被我做到煩的事情，這次換他自己來對我做，多少可以撫平這傢伙的舊傷……或許吧。

我把披散下來的頭髮從肩膀撥到前方，露出了脖頸。

「好啦，快點。」

川波還在遲疑，但我把沐浴巾塞給他後，他深深嘆一口氣說了：

「……好吧。」

沾上沐浴乳的沐浴巾，輕輕放到我的背上。

感覺得到布巾與泡沫滑溜的觸感。在它們當中，混入了稍微粗硬一點的手指觸感。

「嗯！……」

背部被慢慢擦洗，把我弄得有點癢。背部被觸碰根本不是新鮮事，但總感覺他的手部動作格外地溫柔。

沐浴巾從背上移動到腰際。該怎麼說呢？雖然是可想而知的事，不過這個姿勢，臀部會看見耶。不過好吧，這也不是第一次了。如同我知道這傢伙的一切，這傢伙也知道我的一切。青梅竹馬就是這麼回事。

「……這樣行了嗎？」

從背部到腰部，整個洗完一遍後，川波說了。

已經洗完了……？就這樣？

總覺得沒什麼滿足感，沒什麼成就感。我——

「——不行。還沒完。」

我一邊讓身體稍微往後倒……

一邊稍微放下抱在胸前的浴巾……

「前面。」

我越過肩膀回頭看他，說了。

「這次……換成前面。」

川波的眼睛睜得更大，然後，我彷彿看見他的耳朵漲成了紅色。也許只是洗澡體溫變高才會讓耳朵泛紅，但如果是那樣，他睜大的眼睛就不會四處游移，偷看浴巾稍微放低露出的縫隙了。

川波的手，抖動了一下。

緊接著……

——一顆，又一顆。

川波的手臂，開始冒出蕁麻疹。

「唔嗚……糟糕，抱歉，我要出去了！」

川波一邊用沐浴巾遮住胯下，一邊慌張地衝出了浴室。

剩下我一個人，好半天說不出話來——然後，仰望水滴凝結的天花板。

「……才剛說就搞砸了——……」

我真是死性不改耶。

後來，我邊嘆氣邊把身體洗乾淨，泡澡泡得暖呼呼的，才離開浴室。

現在回想起來，那傢伙會不會太臭美了？我只是叫他幫我洗身體，他就想太多。以前我幫他洗的地方才沒有這麼簡單呢。

況且現在的我，對他根本就沒那個意思。應該說我只是覺得，必須彌補自己以前犯的錯？只是想盡到加害者該負的責任，一點喜不喜歡之類的意思都沒有。明白嗎？

「……嗯？有新通知。」

我一邊發牢騷一邊擦身體時，發現手機有新訊息。

一看，是ＬＩＮＥ……啊，是結女！

我急忙打開，看到結女傳來以下訊息：

〈抱歉突然問這個，有什麼事情是只能跟喜歡的人做的？〉

真的很突然耶。怎麼會忽然問這個？

話雖如此，這可是結女在拜託我。我誠摯、認真地想過之後，像這樣回她：

〈這個嘛……一起洗澡，不是喜歡的人可能沒辦法喔。〉

伊理戶水斗◆是男人，就該懂得自制

『聽好了，伊理戶……男人一禁不起誘惑就輸了。』

我一邊讓騰空的腰陣陣發抖，一邊聽電話裡川波的聲音。

『雖然有人說到口肉不吃是男人的恥辱，但我認為能夠含垢忍辱才是正牌男子漢。又不是鎌倉武士，不會丟個臉就死人啦。忍辱負重才能得到真正的榮耀，輕易敗給誘惑只會降低自己與對方的價值。懂不懂？』

『唏──……嗯咕──……！』

混雜在川波的講解裡傳來的叫聲，來自加入同一個通話的東頭伊佐奈。伊佐奈也跟我一樣，維持著手肘撐在床上讓腰騰空的姿勢──平板支撐運動苦撐著。

『撐下去，你必須撐下去！男人要練才會長肌肉，但女人天生多少就會長一點胸部或屁股。不要讓那種隨手可得的武器動搖你的心志！你必須練出鋼鐵般的肉體與精神，擊退那些傢伙膚淺的攻擊！』

『噗哈──！』

我聽見伊佐奈倒在床上的「砰」一聲。

然後過了幾秒，我也感覺到腹肌面臨極限，一頭栽進被單裡。

我與伊佐奈還在大口喘氣時，川波口氣平靜地說：

『一分鐘啊。好吧，比起剛開始算很有長進了。』

說到我們為何會邊講電話邊做健身，那當然是川波的提議了。

他的說法是，我的體格太瘦弱不適合追女生。

好吧，我的確是沒有一身肌肉可以用來反駁他，但坦白講，我不是很喜歡流汗。看我顯現難色，川波如此說了：

——我告訴你，伊理戶。女生她們可是日夜都在做保濕或是伸展操什麼的努力維持美貌喔。既然這樣，男人也該練點最基本的肌肉才說得過去吧？

川波偶爾會說出些接近真理的話來。如同女生努力美容保顏，男人也應該鍛鍊肌肉，是吧？原來如此。即使彆扭如我都覺得這話十分有理。

但是……

「哈啊……川波……哈啊……這跟你……一開始說的，不一樣吧……？」

『嗯？哪裡不一樣了？』

『就是說啊！……呼哈啊……什麼叫做「女人天生多少就會長一點胸部或屁股」啊！呼

——……要維持胸部或屁股的形狀也是很辛苦的，好嗎！』

但我怎麼覺得伊佐奈這麼沒體力，不像是有多努力苦練……

順便一提，伊佐奈之所以也一起健身，是她媽媽凪虎阿姨的命令。

『別、別發火啊。我說過是「多少」了吧，「多少」而已。』

『不……今天的你，給我一種厭女的感覺。我看一定是跟南同學怎麼了吧？』

『嗄？根本就沒怎樣。妳有什麼證據這樣說啊？嗄？』

『看吧，惱羞成怒了！問心無愧的人是不會惱羞成怒的！』

基本上屬於樂天派的川波會變得心煩意亂，大抵來說都跟南同學有關。從發言的內容聽起來，我看八成是今天被她用某種手段色誘取笑了。

『……總之我要說的是！不可以隨便表現出心中的邪念！女生會覺得你是個輕浮的傢伙，看不起你！這樣要把到女生根本是作夢！我沒說錯吧，東頭！』

『不會啊？我很想要水斗同學用色色的眼光看我，而且也都是用色色的眼光看水斗同學喔——』

『就是這種傢伙最失敗！懂了吧，伊理戶！』

『請不要拿別人當負面教材！』

好吧，先不論川波的內心仇恨，我大致上明白他想表達的意思。沒有幾個女生會喜歡擺

明了別有用心的男人。伊佐奈會那樣講，也只是因為對象是我這個親近的熟人。

『給我聽好了……就算伊理戶同學哪天主動引誘你，你也要用鋼鐵般的意志克制自我。絕對不可以做出反應……這是男人的戰鬥。』

主動引誘，是吧……但我不認為那女的有那麼大的能耐。

『抱歉，我去方便一下。你們趁這段時間做做伏地挺身好了。』

『請便——』

川波沒理會伊佐奈無聊到爆的冷笑話。通話狀態變成了靜音。

『呼哈————……那就來做吧————……』

就在我聽見伊佐『嗯——！』做伸展的吆喝聲後，事情發生了。

放在枕邊保持通話狀態的手機，忽然顯示了影像。

「嗯？」

我一時之間沒跟上狀況。

然而，一看到手機畫面上，出現的是穿著上次那件居家T恤的伊佐奈，我才終於搞清楚了狀況。

她弄到視訊通話了。

只見伊佐奈為了做伏地挺身，兩手撐在床上。鏡頭從她的頭部那一邊轉播了整個畫面。

當成睡衣的T恤衣領鬆鬆垮垮，順從重力往下垂，暴露出同樣被重力牽引垂盪的兩顆白色果實──

『那我要開始嘍──────』

壓扁。

垂盪。

壓扁。

垂盪。

「……伊佐奈。」

『啥事──？』

「妳這樣做伏地挺身，有意義嗎？」

『咦？……哇呀啊啊──！』

在一陣慘叫之後，影像變成了黑屏。

……原來如此。

看來的確是有必要自我克制。

伊理戶水斗◆男人的戰鬥

做完整套健身，通話群組解散後，我決定去洗個澡把汗沖掉。

我脫光走進浴室後，用力縮緊腹肌，用手指戳戳看。好像有變硬……又好像沒有。畢竟才剛開始做健身，可能不會這麼快就出現明顯變化吧。

用熱水沖掉汗水後，我泡進浴缸暖暖身體。我讓脖子以下都泡進熱水裡，感覺到肌肉疲勞漸漸消除時，發現更衣室那邊有人。大概是誰在用洗臉台吧。

我只泡了差不多兩分鐘就離開浴缸，準備把身體洗乾淨。我不是那種喜歡花時間洗澡的類型，都習慣洗戰鬥澡。

然而。

今天，只有這一天，由不得我。

這是因為，就在我準備拿起肥皂的瞬間——嘩啦一聲，浴室的門被拉開了。

「——嗄？」

我一轉頭，看到了一個裸體裹著白色浴巾的家人。

是伊理戶結女。

咦？啊？嗄？為什麼？我腦袋亂成一團的同時，用正好拿在手上的沐浴巾遮住胯下，對

著身處這種異常狀況卻一臉不在乎的繼妹說道：

「妳……我、我在洗澡耶？」

「我知道。」

嘩啦嘩啦，啪嚓。

結女伸手到背後拉起了門。

這不是偶然誤闖，是蓄意入侵。

「妳……妳、妳這是幹嘛？」

「沒有啊？只是想說偶爾幫你洗個背。」

結女這麼說，甚至還面露一絲淺笑。

「這也沒什麼不好吧？都是一家人嘛。」

我的腦中，閃過剛開始同住一個屋簷下時制定的「兄弟姊妹規定」。

亦即言行舉止不合乎兄弟姊妹本分者，罰當弟弟或妹妹——如今雙方都習慣了一個屋簷下的生活，我幾乎快把這個規定的存在給忘了，難道說她現在又要來發動攻勢？

——聽好了，伊理戶……男人一禁不起誘惑就輸了。

不只如此，川波說過的話也重回腦海。絕不可以表現出邪念，要用鋼鐵般的意志自我克制。笨拙地進行肌力訓練時銘刻內心的話語，化作全身的力量。

裹著浴巾都能看出她胸部與腰部的曲線。手臂、肩膀與大腿等處的肌膚明豔動人。我把這一切全都趕出意識之外。

沒錯，絕對不能屈服。不能輸給那些身為女人天生就具備的部位。雖然伊佐奈在我的腦海中發脾氣，但我把她也暫時趕跑。然後……

「喔……」

我說了。

「也沒什麼不好啊，偶爾的話。反正都是一家人嘛。」

我彷彿看到結女的臉頰，肌肉抽動了一下。

我不會有所反應，說什麼也不會。我絕不會做出妳所期待的反應。

這是男人的戰鬥。

伊理戶水斗◆想讓你臉紅

「怎麼樣?力道可以嗎?」

「再用力一點或許會更好。」

「嗯，ＯＫ。」

我讓她幫我洗背。

結女柔細的手，拿著沾有沐浴乳的沐浴巾，幫我輕輕刷背。

整個狀況毫無真實感，然而正面的鏡子，卻清晰地映照出這個現實狀況。我把沐浴巾放在胯下，駝背坐在椅子上。圍著浴巾的結女跪在我背後，上下搓洗我的背部。

光是這樣就足以讓我腦袋當機，但結女還不肯放過我。

「……呵呵。想不到你體格還滿結實的嘛？還以為一定瘦巴巴的。」

不，哪有可能啊？健身不可能這麼快就出現效果。

我明明知道這個道理——卻有一種癢癢的感覺，撫過我的心臟。

鎮定，鎮定。不可以做出反應。快冷靜下來。

「有嗎？我倒覺得的確是瘦巴巴的。」

「怎麼會呢？你看這個肩胛骨附近——」

嗯唔——！不要直接碰我啊！

「還有腰也是，果然比女生粗壯多了。」

「妳！……弄得我很癢耶。」

「噢，對不起喔？一時……忍不住就摸了。」

可惡，我的表情絕不能變！會被她從鏡子裡看見！

「哼哼哼……」

「呵呵呵……」

我用天不怕地不怕的笑容度過危機，最後結女終於拿起了蓮蓬頭，幫我沖掉背上的泡沫。

趁著這段空檔，我立刻說了：

「前面我自己洗就好。」

「是嗎？跟我還這麼客氣。」

得救了。她沒使出超過觸碰以上的攻擊。萬一像是漫畫或輕小說裡的那種場面，被她用手以外的……就是……身體的某些部分來對付我，就算是我或許也很難完全佯裝平靜。

我從結女手中接過擠了沐浴乳的沐浴巾，獲得了短暫的安寧，一時之間，竟不慎疏忽大意了。

結女抓準了我的大意來對付我。

「那麼，我幫你洗頭吧。」

嗄？

「讓人幫自己洗頭很舒服的，對不對？來，轉向我這邊。」

「不！等——」

「沒、關、係、啦！」

我被她把整個人一百八十度轉過來，正面就是圍著浴巾的結女。

結女看著我的臉，笑了笑說：

「好，眼睛閉起來。」

「噗啊！」

然後用蓮蓬頭直接往我頭上淋。

等到把頭髮徹底沖濕後，接著又說：

「我拿一下洗髮精，借我過一下。」

我微微睜開閉著的眼皮。

只見結女探出上身，穿過我身體的左側。

「嘿咻……」

我身體往右閃讓結女拿洗髮精，把她的背部以及臀部等處看得一清二楚。再加上我的左腿就在結女的腹部底下——等於是夾在她隆起的胸部與大腿之間，結女只要稍稍失去平衡，就會全部都被碰到了。

不准做出反應。不准做出反應。

隔著浴巾都看得出來的細腰或翹臀都不關我的事。懸垂在我左腿旁邊的整團脂肪也不關我的事。我只要一味地僵直身體，化作石像撐過這個困境就對了！

「拿到了拿到了。好，那麼你把頭低下去——」

結女把洗髮精擠在手上後，將身體拉回我的正面，讓我擺出像是害羞低頭的姿勢，開始在我頭上搓出泡沫。

一般來說，讓人幫自己洗頭會覺得非常舒服，甚至產生一種安心感，這時的我卻跟安心絲毫扯不上邊。

因為，從我低垂的視野、垂落的前髮空隙間可以看到……

「還有沒有哪裡會癢——？」

她有沒有發現？還是說她是故意的？

她是否知道，我只要眼球稍微轉向上方——就能夠一窺從浴巾擠出的胸口？

……好大。

平時我都跟伊佐奈待在一起，所以感覺可能有點麻痺了。

但湊得這麼近一看，就知道她屬於相當豐滿的類型。

兩團肉球之間形成了清楚的深溝，而且明明被浴巾包住，每次她移動手臂時，似乎都會有點……顫巍巍地輕晃。

而且形狀也很漂亮。明明沒有胸罩支撐，卻形成堅挺飽滿的飯碗形狀——等一下。

沒有胸罩支撐？……真是如此嗎？

快回想起來。回想起之前才剛發生過的狀況。當時她不也是像今天這樣圍著浴巾來逗弄我，結果其實有穿內衣褲嗎？

我怎麼知道今天不是那樣？

這傢伙的目的，應該是想逗弄我。既然如此，她很有可能已經準備好如何收尾。也就是「又不是裸體，你在緊張個什麼勁呀？噗哧——」這種結尾。

被我看透了。

既然如此，就沒什麼好怕的了。雖然就算有穿內衣褲或泳裝，仍然不能改變結女的胸口近在眼前的事實，總之沒什麼好怕的。說不怕就不怕。

我要佯裝平靜——不對。

是已經恢復平靜了。

「如何？讓我幫你洗頭，感覺怎麼樣？」

看到結女表現出有點洋洋得意的態度，我撩起滴水的前髮回答：

「嗯，偶爾這樣也不錯。不用動到手臂真輕鬆。」

「……就這樣？」

「不然還要怎樣？……別說這個了，妳差不多也該泡澡了吧？雖然是在浴室裡，但穿成這樣不泡熱水還是會冷吧？」

「咦！」

我暗自咧嘴竊笑。

「話說在前頭，不要把**布料**帶進浴缸裡喔。那樣不衛生。」

布料。

浴巾不用說，內衣褲或泳裝也包括在內。

「再去把衣服穿上也很麻煩吧？反正都進來了，妳乾脆也把澡洗一洗好了。」

但妳沒辦法。因為妳那條浴巾底下，還穿著內衣褲或泳裝呢。不想承認這件事實，妳唯一的一條路就是摸摸鼻子離開浴室。

看到結女畏縮的模樣，我知道這盤棋是我下贏了。看來我還是比妳技高一籌。妳還是再多修練幾年吧！哇哈哈哈哈！

「……說得……也是。」

就在我確定自己贏得勝利時，結女有些遲疑地，摸了摸浴巾打的結。

「的確是很麻煩……那就泡吧。」

嗯？……她說什麼？

把呆住的我撇在一旁，結女站起來，雙腳踏進浴缸，把臀部放到浴缸的邊緣。

不會是想找藉口跟我說，這樣就算是「泡」到了吧？

但我又猜錯了。

結女坐在浴缸邊緣，背對著我——然後窸窣一聲，把浴巾往身體兩側張開。

從我這邊看不見。

被張開的浴巾擋住，我的眼睛什麼都看不到。

只從黑髮之間看到結女的耳朵，變得一片紅潤——

「……不要一直……盯著我看啦……」

細微的聲音使我猛一回神，急忙別開視線。

難不成……浴巾底下，真的是全裸？

所以我們現在，是在彼此渾身赤裸的狀態下，意外擠在一個狹窄密室裡？

反應慢過頭的疑問，使腦髓逐漸麻痺。

只要把身體靠在浴缸側面，的確能遮住胸部以下的大多數部位。但即使是那樣，仍算不上完全防護。只要我稍微站起來，從上方探頭往浴缸裡看，就會目睹結女一絲不掛的身體。

假如……假如真的變成那樣——

啪沙一聲，我聽見浴巾落地的聲響。

然後是滴滴答答……身體浸入熱水的聲響。

最後——

——唰啪！是某種大量粉末撒落的聲響。

「嗄？」

抬起眼睛一看，結女脖子以下都泡進了熱水裡。

「呼——……」

對——脖子以下。

都泡進乳白色的熱水裡。

「真舒服……謝謝媽媽買了這個……」

入——入浴劑！

就是放在窗邊的那玩意！原來她把那個大量倒進熱水裡了！這下結女只要還泡在熱水裡，就不會露出肌膚——防禦力比浴巾更強大！

「奇怪？你怎麼啦？水斗？」

結女從浴缸邊緣伸出雙臂，把下巴擱在上面，調皮地笑了。

「怎麼看你……好像露出一種期待落空的表情？」

……這女的，太可惡了……！

「沒有……我只是很少用入浴劑，覺得稀奇所以多看了幾眼。」

「是嗎？那麼——」

結女微微偏了個頭，說：

「——要不要一起泡？」

……竟敢給我得寸進尺……！

「不、不了……那樣，未免有點……」

「是嗎？真可惜，這可是個好機會呢。」

結女一邊語氣平靜地說，一邊舒適放鬆地讓肩膀沉入白色的熱水。

然後嘩啦一聲，從熱水裡露出腳尖說：

「唉——真是太可惜了～這可是能夠輕～鬆看到我的裸體的機會呢～」

嘩啦，嘩啦，嘩啦，嘩啦。

就像在溫泉裡玩耍的小孩那樣，結女慢慢地擺動雙腳。

「好吧，假如你真的想看……下次就得憑自己的本事加油嘍？」

……我看妳早就想好這句台詞了吧。

什麼叫做自己的本事？意思是有膽就自己來脫妳的衣服嗎？竟敢瞧不起我……！

結女一邊輕聲笑著，一邊心情愉快地把熱水踢得嘩啦啦作響。

「好吧，畢竟你也是思春期的男生嘛？我想你一定對女生的裸體非常感興趣吧？這下你就知道沒那種好事，不是想看就能看到的了吧。趁機上了一課，不是很好嗎？」

可惡，本來以為是起死回生的良策……原來她早就料到了。這次是準備得充分與否決定了勝敗——雖然不甘心，但必須承認是我輸了。

「話說在前頭，我可不像東頭同學那麼缺乏防備唷。今天只是特別破例，平常就連一件內褲也……」

——啵！

……嗯？

剛才……好像聽到什麼東西鬆脫的聲響……

「不過話說回來，沒想到你一臉文靜卻這麼色。平常擺出一副『我對女生毫無興趣～』的德性，等真的碰到了卻又這樣——」

結女講得正起勁，沒注意到。

她沒注意到，但是——事情確實正在發生。

遮掩結女身體的，乳白色的熱水——正在不斷減少！

「喂，妳看！熱水！」

「咦？」

當我著急地發出警告時，結女的胸部已經露出上半部了。

真、真的什麼都沒穿……

「咦！為、為什麼……啊，塞子！」

就在雙峰頂端即將現形的前一刻，結女急忙用一隻手臂遮住它，另一隻手開始在浴缸底下摸索。

大概是因為她在浴缸裡嘩啦嘩啦地玩水，結果手或腳勾到排水口塞子的鏈條，一用力就把它拔掉了。

只要塞回去就可以阻止熱水繼續減少。問題是……

「看、看不到……塞子……塞子在哪裡？」

她自己往浴缸猛倒的入浴劑，似乎反而害她看不到塞子的去向。

慌忙尋找的同時，水面繼續下降。細腰與小巧的肚臍顯露無遺，再這樣下去，更下面的部位——胯下與臀部遲早也會被看見。

冷靜想想……

其實我現在立刻離開就沒事了。因為只要沒了我的視線，就算熱水全部放光也沒有任何問題。

然而，我一時也慌了。

腦袋沸騰了。

就好像洗澡洗到頭暈了似的。

「笨蛋！拉鏈條啊！」

所以我一時沒多想，屁股就離開了椅子。

我把手伸進浴缸內側，抓住了掛在浴缸內壁的水塞鏈條。

探身向前。

忘了自己的胯下，只有用沐浴巾遮住。

「——咦啊？」

霎時間，結女睜圓了眼睛。

同時我才發現，下半身產生一陣涼意。

然後，時間停止了流動。

「…………」

「…………」

咕嚕咕嚕，混濁的熱水逐漸消失在排水口中。

結女的胸部，被結女自己的手掌與手臂遮住——暴露在外的腰部以下，也以緊閉的大腿護住了致命性部位。

但是，屁股離開椅子的，我的腰部以下就……

「——……～～～！」

結女不懂得貼心地把目光移開，睜大雙眼緊盯著該處不放，同時臉孔變得像煮熟的蝦子一樣紅。

我則是正好相反，變得面無血色，唯一能做的就是……

撿起掉在地上的沐浴巾。

一邊用它遮住胯下……

……一邊彎腰駝背，快步逃出浴室。

留下熱水放光的浴缸，以及一身光溜溜的結女，我關上了浴室的門。

然後，我一邊機械性地用浴巾擦乾身體，一邊毫無意義地仰望天花板的換氣扇。

——腦中，回想起結女剛才的模樣。

纖細的指縫，陷進嫩肉之中。遮掩胸部把它壓扁的手臂，與肌肉之間形成的空隙。然後是緊密閉合的，大腿之間的黑暗空間——

我一一細想、細想、細想那些記憶……

結果……

關於有沒有看見——

——答案是沒有。

……然而我，卻被看光了。

「…………照理來講，應該是反過來吧…………」

我現在才知道，要像漫畫那樣發出尖叫其實是件難事。

伊理戶結女◆人類全是色狼

「…………我看到了…………」

我離開洗澡間，換上睡衣，回到自己的房間……

然後整個人癱到床上，把枕頭緊緊抱進懷裡，我回想剛才的景象。

回想烙印在眼底的光景。

沐浴巾飄落，露出水斗的——

「我看到了，我看到了，我看到了，我看到了，我看到了，我看到了我看到了我看到了

我看到了我看到了我看到了我看到了我看到啦～～……──！」

那個……那個，就是水斗的……

臉蛋長得那麼可愛，長得那麼文靜，那麼愛耍酷，卻那麼……那麼～……！

我在床上滾來滾去，雙腳亂踢亂擺。

總覺得……總覺得好驚人，好像整個世界全變了樣。因為、因為我以前，都只有跟媽媽住，也不記得有跟爸爸一起洗過澡。真的……那真的是我的第一次。有生以來第一次看到的，竟然就是水斗的……

「……欸嘿。唔嘿嘿。」

啊，糟糕糟糕。我笑得超噁的。變得像東頭同學一樣了。

原來是這樣啊～水斗原來是像那樣啊～咦～？不曉得我行不行耶？等到真的進入那種狀況時，不曉得我做不做得來耶？嗯，等一下？說到這個，剛開始交往的時候，只有一次我們只差一步就要做那種事了……那傢伙，竟然想用那種東西對國中時候的我……那個……做那種事嗎？好可怕！超可怕的！

「……唉～……」

我嘆了一口滾燙的氣息，反省自己過度亢奮的情緒。

曉月同學很豪放，東頭同學更是不用說……但這樣看來，沒想到我也滿色的。

對，不是只有男生會好色，女生也很好色。女生有時也會做些色色的妄想，看到色情的事物也會興奮激動。

凡人皆好色。

不過像明日葉院同學那一型的人，大概無法理解就是。

「（……水斗那個色鬼。大色狼。）」

我用枕頭擋住嘴巴，模糊不清地喃喃自語，獨自一人賊賊地偷笑。

色鬼。大色狼。跟我一樣。

從今以後，無論你如何假裝坐懷不亂……都騙不過我了，知道嗎？

伊理戶結女◆只是大個一歲不夠格擺架子

「太謝謝學姊了！」

翌日，我臉上堆滿微笑，向亞霜學姊送上捷報。

「哦，妳成功啦！恭喜妳，小結子！」

「是！這都得感謝學姊的幫助！」

我趁著學生會室只有我們倆的時候道謝。亞霜學姊雙臂抱胸，不住點頭說：

「既然有本小姐親自指導，當然會成功嘍！順便問一下，妳是怎麼做的？我想妳應該沒我那麼大膽進攻，但我的一個優點就是不恥下問！方便的話麻煩講詳細一點！」

「這個嘛，我想想——……」

我羞赧地嘿嘿發笑，但為了對提供我精確建議的學姊表示敬意，決定據實以報。

「是這樣的……我趁他洗澡的時候，闖進浴室——……」

「…………洗澡？」

「當然我有圍浴巾啦。他一開始假裝坐懷不亂，但我照學姊教我的展開攻勢，結果他就漸漸開始露餡！雖然他太可愛害得我得寸進尺，最後有點小失敗，但整體來說結果還算不錯！」

我嘴巴閉不起來，連珠炮般地說道。沒辦法啊，因為那是我這輩子最成功的一次嘛！平常大多都是我耍笨吃虧然後就結束了！

「…………喔——是這樣喔。很行嘛。」

奇、奇怪？

「學、學姊……？怎麼語氣聽起來這麼平板？」

「沒有啊。」

「分明就有！變得像Pepper機器人一樣了！」

是不是我太喋喋不休了？阿宅特有的聒噪毛病又犯了？但就算是這樣，學姊妳眼神怎麼變得像死魚一樣？

「……順便問一下……」

我還在不知所措時，亞霜學姊用略顯陰鬱的聲調低喃：

「是，什麼事？」

「小結子妳……是不是……其實……有談過戀愛……？」

「啊……抱歉，我忘了說了。」

找人傾訴戀愛煩惱時當然該說清楚了。我坦白告訴她：

「我在國中時期，交過男朋——」

「太汙穢啦——！」

「咦！」

亞霜學姊突如其來地發出尖叫，就這麼衝出了學生會室。

「最近的年輕人太汙穢啦——！——……」

聲音逐漸遠去。

剩下我一個人，只能呆呆地愣在當場。

有、有那麼奇怪嗎？國中生交男朋友還好吧……就像曉月同學念國中時似乎也交過，我覺得沒到要被說成汙穢的地步吧……

後來沒過多久，紅會長走進學生會室，望著亞霜學姊跑走的方向對我說了：

「發生什麼事了？小生看到愛沙她哭著逃走了。」

「呃，沒什麼……只是向她請教一些問題。」

「……小生聽出來了，無非就是戀愛相關煩惱吧？」

紅會長身邊難得沒跟著羽場學長，貌似無奈地聳聳嬌小的肩膀，說：

「都怪她愛逞強，才會受到慘痛的教訓。她自己明明就整整一年黏著會長——星邊學長不放，卻半點進展也沒有。」

「咦？……整整一年嗎？」

「當然是了。因為愛沙是進入學生會之後才跟他認識的。小生早在星邊學長卸任時就催促過她，但她還是退縮，所以小生現在正在打她屁股，叫她在學長畢業之前做點動作。」

「……順帶問一下，亞霜學姊她，以前有交過男朋友之類的嗎……？」

「似乎完全沒有遇到對象。之前她似乎只關心自己的興趣，就是動漫或電玩之類的。」

……我必須說……

向我提供戀愛建議的人，會不會都太廢了……？

「真是，不過是被學妹稍微搶先而已，沒必要被嚇跑吧。真是抱歉，這個學姊太幼稚了。順便問一下，妳對愛沙說了什麼？」

「我只是說我國中時期交過男朋友……」

「汙穢。」

「為什麼啊！」

這個學生會純情的人太多了啦！曉月同學救救我！

妳眼中的我
伊理戶結女◆認真少女的黑暗面與憧憬

「嗯——……『家人』之類的？」

聽了我苦思半天擠出的提案，明日葉院同學對我翻白眼說：

「要是抽中的人偏偏沒家人怎麼辦？」

「咦？需要想那麼多嗎？……嗯——可是也不是絕無可能……」

「真要說的話，借用的東西是人不太好吧？會不會好像把人當成東西？」

「哎，可是借物賽跑要有一點這種題目才能炒熱氣氛呀。」

「真的好難喔……」

在放學後的學生會室，我們兩個一年級生湊在一塊念念有詞，是為了替體育祭的借物賽跑出點子。

我們學校的借物賽跑規則有點特殊，可以「換題目」。如果覺得抽到的題目太難，可以

跑到另一個抽籤箱重抽。而越前面的箱子題目就越難，越換題目就越簡單——規則設計得莫名精細。

想抽到簡單的題目會比較花時間，但想達成第一個題目又很難。

以比賽來說難易度平衡得不錯，但是必須替各個難易度準備不同的題目，因此負責準備的人員——也就是我們真是想破了頭。

就像現在，我們才剛開始想最高難度的題目就遇到困難了。

「就算是困難的題目，還是得設計得讓任何人抽到都能過關才算公平呢。」

「那麼，常見的『喜歡的人』也不行嗎？不用一定是戀愛的喜歡，帶朋友過來也算過關……」

「如果是沒朋友的人抽到怎麼辦？」

「這、這個嘛——……反正可以換題目，不用想那麼多吧……」

我雖然這麼說，但假如國中時期的我抽到這個題目，或許會覺得很傷心。因為我一年級的時候既沒有喜歡上誰，也沒有朋友……

「就單純寫很少見的對象應該也行吧？例如『通過漢檢一級的人』。」

「啊，那種資格類的或許可以喔。可是以炒熱氣氛來說，或許要更個人一點的題目會比較好……」

「……伊理戶同學，妳就這麼想放戀愛類的題目嗎？」

明日葉院同學半睜著眼瞪我。

我不由得立刻陪笑，說：

「也、也不是一定要……但那種的，就是比較能討好觀眾嘛。」

「……我無法理解。」

明日葉院同學用一種鬧彆扭般的語氣，低聲說了。

「什麼喜歡或討厭，男朋友或女朋友之類的，那種事情，真的有這麼好玩嗎？」

「……嗯——這個，可能要看個人吧……」

明日葉院同學由於過去有過名字被取笑的經驗，使得她對談戀愛似乎有點排斥感。我明白有些人會這樣，況且我如果沒遇見水斗，說不定也跟她差不多。

「那麼，什麼樣的事情會讓明日葉院同學覺得好玩？」

「咦？……這個嘛……」

明日葉院同學輕輕把手指抵在形狀漂亮的嘴唇上，思忖了片刻。

「……看到那些身材比我高大的男生成績排名比我低，或許對我來說就是最好玩的事了。」

「這……這樣呀……」

看到明日葉院同學臉上透出略帶陰影的冷笑，我的表情全僵住了。這個女生的黑暗面，會不會太深了一點？

「勸妳也趁現在做好心理準備吧。我已經開始為了期中考做準備了。」

「咦？已經開始了？這麼快啊——……」

期中考的日期是十月下旬——預定在體育祭結束後舉行。

我雖然也有在留意，但目前光是適應學生會的工作就夠我忙了，還沒開始溫習。

……而且這次，在考試之後，還有一件更重要的大事……

正聊著這些話題時，學生會室的門打開了。

「小生回來了。有進展嗎？」

「啊，會長辛苦了。」

「辛、辛苦了！」

來者是紅會長。後面跟著羽場學長。

羽場學長一言不發地回到自己的座位上啟動電腦，至於會長則是探頭看看我們想出的題目筆記，說：

「似乎困難重重呢。」

「是……我們想設計成有難度又公平的題目，可是……」

「原來如此，公平的題目是吧……」

會長挺起胸脯，手略微擺在下巴上，說：

「阿丈，你有沒有什麼好主意？」

羽場學長被她點名，便暫時停止敲鍵盤。

「……借來的東西能不能通過，要看裁判的判定。因此，故意把題目設計得曖昧不清也是個辦法。」

「嗯，只要替題目留下解釋的餘地，的確可以減少無法過關的次數。但相對地也會產生被裁判認定不合格的風險，讓難易度變得恰到好處。例如『有點像○○的人』之類。」

「當然這麼做的時候，也得注意不能帶有毀謗意味。」

哦，有道理……原來也有這種難度設計啊。同時也能讓賽跑選手發揮個人特質，或許可以讓氣氛變得很歡樂。

「這樣的話……好，小生也來出個點子吧。」

說完，紅學姊拿筆在題目紙條上流暢地寫了些什麼，然後折得漂漂亮亮地，放進了準備好的抽籤箱。

「會長寫了什麼？」

「抽到就知道了。」

說完，會長眨了一下眼睛。講話方式又帥，長得又可愛，這個女生真是太奸詐了。

「哈嗚嗚啊……！」

明日葉院同學紅著臉按住了胸口。看來她雖然抱持反戀愛主義，但還是具備有怦然心動的感情。

紅會長一邊坐到會長席，一邊說：

「妳們兩個，題目就想到這裡為止，可以請妳們去找愛沙嗎？她等一下要跟應援團開會，我怕她一個人忙不過來。」

會長一邊說，一邊往羽場學長那邊偷看一眼。

哦？正心生疑問時，會長對我也使了個眼神。儘管只有一瞬間，看到她那帶點求助意味的眼神，我就懂了。

看來她是想跟羽場學長獨處。

「咦？可是，事情才做到一半……」

「明日葉院同學。」

我一邊心想「真沒辦法」，一邊站起來。

「想題目不一定要在這裡想呀。反正還有時間，現在還是先去幫亞霜學姊的忙吧。」

「……說得……也是。」

我帶著有些猶豫地起身的明日葉院同學離開學生會室。其間，她一直依依不捨地回頭，看著的不是做到一半的借物題目，而是紅會長的臉龐。

來到走廊上關起門後，我對明日葉院同學說：

「……妳是不是，很想在會長的身邊多待一下？」

「咦！」

明日葉院同學的小小肩膀彈跳了一下，接著她把臉扭開，噘起了嘴唇。

「怎……怎麼可能嘛。又不是小孩子……」

這時，我回想起文化祭當中，紅會長與羽場學長在空教室裡的對話。

接下來在這間學生會室，會長會做出什麼事來——明日葉院同學要是知道可能會嚇昏。

想到這點，就覺得明日葉院同學的純真憧憬是多麼地虛幻脆弱，又是多麼地惹人憐愛，使我自然而然地把手伸到了她頭上。

「乖喔乖喔。」

「妳是瞧不起我嗎！」

我被凶了。

可是，我稍微可以體會亞霜學姊溺愛她的心情了。

伊理戶結女◆友情建立於胸部的大小

我按照會長的指示，前往與體育祭應援團開會的地點，卻在那裡遇見一個令我意外的人物。

「結～女～！」

「哇！曉月同學？」

一進入準備開會的會議室，一個嬌小身影立即撲向了我。看到那熟悉的容顏，我連連眨眼。

「妳怎麼會在這裡……？」

「嗯——？還能為什麼，因為我是應援團團員呀！……哇～是結女的香味耶。我聞我聞。」

「很噁心耶！」

曉月同學湊過來把鼻子埋進我的頸項，我硬是把她拉開。

曉月同學哀叫著說：「不要嘛——我還要——！」不過這些只是我們平常鬧著玩的那套

罷了。

曉月同學裝模作樣地鼓起腮幫子，說：

「就一下下又不會怎樣！我好久沒在放學後見到妳的說！」

「難道妳是因為這樣，才加入應援團……？」

「哎呀，可不要因為我的深情，就愛上我喔！」

「別擔心，我只是有點被妳嚇到。」

「好過分！」

自從進入學生會之後，放學後的確是很少跟曉月同學去玩了。我們平常小圈子的其他成員——奈須華同學與麻希同學也都有加入社團，所以曉月同學容易變得空虛寂寞。而我也多少感到有點過意不去……但沒想到她竟然會主動來找我。我太小看曉月同學了。

不過，我想她只是開開玩笑，實際上應該是湊巧有人找她，閒著沒事就加入了。因為她好像從以前就偶爾會去體育社團當幫手。

「……請問……」

待在我身後的明日葉院同學，扯了扯我的制服衣角。

「她是妳的朋友嗎？」

「啊，不好意思，明日葉院同學。她是跟我同班的曉月同學。雖然有點過度喜歡親近

人，但不是壞人。」

半個人躲在我背後的明日葉院同學，那副模樣讓我聯想到東頭同學。

東頭同學在初次見到曉月同學的時候，也是躲在水斗的背後呢……

我沒想過明日葉院同學會是怕生的類型，不曉得是不是某種出於本能的恐懼。

「嗯哦？」

曉月同學也發現有個生面孔在場了。她湊過來看明日葉院同學難得與她高度相近的臉龐，說：

「她就是妳之前提過的，學生會的那個女生？」

「對呀。她跟我們都是一年級，叫做明日葉院——」

「敝姓明日葉院。」

明日葉院同學打斷我的介紹，自己報上了姓氏……對喔，她好像說過討厭自己的全名。

即使她自我介紹做得很粗魯，只能說不愧是曉月同學，臉上浮現易於親近的大大微笑，一個勁地逼近明日葉院同學。

「請多指教——！我們個頭差不多呢！感覺好安心喔——！我們就是小不點協會了，小不點協——會……？」

曉月同學的眼睛，像磁鐵被吸引一樣，從明日葉院同學的臉一路往下降。

那裡有著高高隆起的制服。

有著即使隔著制服襯衫與西裝外套，依然清晰可辨的山脈，以及如河川般流經稜線的領帶。

啊，糟了。

當我察覺到自己的失策時，曉月同學的眼中已經失去了光彩。

「……………這個咪咪是什麼意思啊…………！」

伴隨宛如自地獄深淵湧出的嗟怨之聲，曉月同學的雙手一把攫住明日葉院同學的山脈。

「……噫咦？嗚咦？」

沒理會跟不上狀況的明日葉院同學，曉月同學把兩團軟肉當成麻糬般揉捏起來。

「真貨……是真貨……！這個個頭怎麼會有這種分量……！神為何要以如此方式造人……！」

「妳……！妳這是做什麼！幹嘛突然這樣！」

「不公啊——！老天待我不公——！」

「呀！嗯嗚……！」

「聽話聽話，曉月同學，不要鬧不要鬧。」

我一邊講得像是在安撫脫韁野馬，一邊從背後架住曉月同學，把她拖離明日葉院同學身

邊。明日葉院同學滿臉通紅地按住胸部，說：

「到、到底在做什麼啊！竟、竟然初次見面就亂揉別人的胸部，妳什麼意思啊！」

「我是在確認這世界設計得有多失敗！萬萬沒想到神的設計圖，竟然大錯特錯到如此地步！」

「呃——我翻譯一下喔，意思應該是妳跟她個頭差不多，身材卻這麼好，讓她很羨慕。」

明日葉院同學抿緊嘴唇，低頭看著自己用雙手按住的胸部。

「……根本一點都不好。肩膀會痠，跑步會痛，不容易看到腳邊，又會被男生盯著瞧……我反而羨慕妳的這種身材呢。」

「是喔～殺了妳喔？」

曉月同學笑容可掬地說了。本來想幫忙翻譯的，但怎麼翻都跟字面上的意思一樣。

「——噗哈！啊哈哈！」

正在思考該如何打圓場時，師父——亞霜學姊一邊捧腹大笑一邊走過來。

「小結子，那個女生好有趣喔——！對巨乳的殺意這麼直率！」

「不、不好意思，學姊……在開會前吵吵鬧鬧的……」

「沒關係沒關係，反正到開會還有點時間。再說，我第一次見到她的時候也揉過嘛。」

明日葉院同學這次換成對亞霜學姊投以戒備的目光，多後退了一步。我身邊初次見面就揉別人胸部的人也太多了吧。

亞霜學姊看著我從背後架住的曉月同學，稍微彎下腰讓視線與她齊高，說：

「我是二年級的亞霜愛沙，擔任學生會副會長！多指教嘍，呃——……妳叫南同學對吧？」

「我叫南曉月，請學姊多多指——」

曉月同學的眼睛再次往下滑。

亞霜學姊與曉月同學的身高差到將近二十公分，所以我明白她為什麼要彎腰……這卻突顯出了亞霜學姊雖沒明日葉院同學那麼大，但也頗為可觀的胸部。慘了！曉月同學心中的嫉妒野獸又要……！

曉月同學瞇起眼睛，觀察亞霜學姊的雙峰幾秒後……

「——請學姊多多指教！」

好像什麼也沒發生過似的重講了一遍。

笑容可掬。未曾表現出任何敵意。

這次換亞霜學姊的笑容僵住了。

「……怪了怪了，南同學？妳怎麼不嫉妒我的胸部呢——？」

「咦？說出來沒關係嗎？」

曉月同學愣愣地偏著頭。什麼意思？我想明日葉院同學一定跟我一樣不解，沒想到她也傻眼地嘆氣。奇怪？所以只有我沒聽懂？

「…………跟我過來一下。」

亞霜學姊半強硬地從我手中把曉月同學拉走，到外頭的走廊上嘀嘀咕咕地講起某些悄悄話。

但談話大約十秒鐘就迅速結束，兩人勾肩搭背地回來了。

「小結子！小月月真是個明理人呢！」

「結女！妳認識了一個好學姊呢！」

兩人同時發出萬分可疑的哇哈哈大笑。

朋友跟學姊要好起來……照理來說應該是好事，不知為何，我卻總覺得有點毛骨悚然。

伊理戶結女◆捍衛學生會長的名譽

「咦？都沒人在耶。」

跟應援團開會結束後，我與明日葉院同學還有亞霜學姊一起回到學生會室，發現裡面沒人。

明日葉院同學神情有些失落地環顧室內，說：

「真奇怪。會長跟羽場學長剛才還在這裡的……」

「應該是後來有事吧？」

我一邊說，一邊走向會議桌。

這時，我發現羽場學長座位上的筆記型電腦開著沒關。湊近一看，游標在Excel的儲存格裡閃爍。他事情做到一半跑去哪裡了？

「啊！妳們在想借物賽跑的題目呀——？」

亞霜學姊看著桌上的抽籤箱說。

「看起來困難重重呢。想不出來的話，也可以拿去年以前的題目做參考喔。甚至沿用其中幾個也行。」

「有留下來嗎？」

「應該有吧。記得是放在隔壁的資料室～」

「我去找找看。」

我前往星邊學長時常作為午睡場所的資料室。

正準備打開會辦出入口以外的另一扇門時……

『——……開我。大……回……了……』

『——……靜就……會……幫了。』

嗯？好像聽到有人在講話……算了，管他的。

我把門打開了。

在昏暗的資料室裡，紅會長把羽場學長壓在身下。

「啊。」

兩人轉過頭來。

「「啊。」」

時間停止流動了半晌。

在停止的時間中，我看見紅會長的制服襯衫解開了鈕扣，甚至能夠一窺性感的黑色胸罩，至於羽場學長，則是幾乎所有鈕扣都緊緊扣好鞏固防禦，我便明白大致上的狀況了。

我理解了狀況，並慢慢關上了門。

「等——」

羽場學長求助般的眼神，被啪答一聲關上的門擋住。

……紅會長，真的好大膽啊。

而整整一年回絕那種大膽攻勢的羽場學長，也真是難攻不落啊。

不只是亞霜學姊，或許我也該向紅會長師法她的那種大膽。不，可是，她這樣還是徬徨失措了一年……學生會的男生陣容，心腸都太硬了。

總之一方面也是為了支持紅會長，現在就先別管他們吧。我靜靜地離開了通往資料室的門。反正也沒什麼事需要進資料室，一定能給她多餘時間展開一段攻防吧——

「啊！」

乒，啷！某種東西翻倒的聲響傳來。

一看，放在羽場學長筆電旁的馬克杯被打翻了。

在它的旁邊，則站著白色襯衫胸口被黑色液體弄髒的明日葉院同學。

「對、對不起！我沒想到裡面還有剩……！」

「蘭蘭妳還好嗎！有沒有被燙到！」

「我沒事……好像已經涼掉了。」

「這樣呀。那就好～」

亞霜學姊安心地呼了一口氣。大概是羽場學長喝剩的吧。明日葉院同學胸部那麼大，一定很容易看錯距離。我猜她應該常常撞到門。

當起旁觀者想著這些事情的我，下個瞬間，一口氣變成了當事者。

「啊——這個得脫下來洗了。蘭蘭，妳有多帶一件衣服嗎？」
「有，因為今天有體育課……我去隔壁換個衣服。」
「去吧去吧——」
明日葉院同學拿起了裝運動服的袋子，準備去隔壁換衣服。
隔壁……隔壁？
她是說資料室嗎？
「等——一下！留步！」
「！」
我急忙擋在資料室的房門前，明日葉院同學驚訝地停下腳步。
「怎、怎麼了？請妳借過，伊理戶同學。」
「資……資料室不行。」
「啊？為什麼不行？」
「呃——……因、因為有灰塵呀。對！都積灰塵了，很髒！可能會把頭髮或身上弄得髒兮兮的！」
「又不是今天才第一次弄髒……」
明日葉院同學半睜著眼瞪我。啊——傷腦筋，還有什麼藉口可以找——……

「妳突然是怎麼了呀，小結子？」

……啊，有了！亞霜學姊的話一定有辦法！

「…………！」

「咦？怎麼了？這麼熱烈地看著我……嗯？筆電？然後是，資料室——」

我拚命使的眼色奏效了。亞霜學姊微微開口「啊」了一聲，接著表情逐漸帶有焦慮之色。不愧是師父！真是善解人意！

「啊——……蘭蘭，小結子說得沒錯。在資料室換衣服不是很衛生！」

「咦？會嗎？」

「會啦會啦！幸好這裡只有我們女生，妳就在這裡把衣服換一換吧！好嗎！」

意見變成二對一似乎提升了一點說服力，明日葉院同學儘管表情困惑，但還是說「好吧……」手指準備解開西裝外套的鈕扣。

趁著明日葉院同學把注意力擺在自己身上的空檔，亞霜學姊速速往我靠過來。

「（……裡面是什麼情況……？）」

「（……會長正在揮軍進攻……）」

「（哇～喔。要做在自己家裡做啦，那個天才色情狂……）」

說得有理。剛毅果斷過了頭也不見得是好事。

「（他們或許躲得很好，但還是不能讓她在阿丈同學的身邊換衣服嘛……）」

「（是。不能讓明日葉院同學把注意力放在資料室上……）」

她要是親眼目睹會長的那種模樣，可是會口吐白沫昏過去的。

「（好！放心交給師父吧！）」

亞霜學姊可靠地豎起大拇指後，腳步輕快地走到正在一顆顆解開襯衫鈕釦的明日葉院同學身邊。

「哇——蘭蘭妳從不化妝，穿的胸罩卻很可愛耶——」

「……這是媽媽自己買給我的。不穿豈不是浪費？」

「啊，難道說妳是在勾引我？對不起喔！我對女生只有一般人等級的興趣！」

「妳有在聽我說話嗎！而且說半天還是有興趣嘛！」

很好很好。被亞霜學姊這樣鬧一遍，明日葉院同學應該會把資料室的事情忘掉，加快動作換好衣服才對。再來只要在明日葉院同學把弄髒的襯衫拿出去洗時，讓會長他們趁機溜出資料室就——

喀嚓。

房門開了。

不是資料室，是通往走廊的那一扇。

「唷——你們幾個，有在做事嗎——」

是星邊學長的聲音！

「呀——」

明日葉院同學驚叫出聲的同時，亞霜學姊用快得嚇人的速度衝向了出入口。

然後好像那速度只是一場假象似的，嗲聲嗲氣地說了：

「學長～！等你好久了♪」

「啊？亞霜，妳有事找我喔？」

「沒事就不能跟學長見面嗎～？反正學長一定很閒吧？就跟愛沙一起來場學校約會吧！學校約會！」

「嗄啊～？妳都不用做事……」

「別、問、了、啦！」

啪答。

門關上了。

星邊學長的抱怨聲，與亞霜學姊的心機嗲聲，逐漸消失在遠方。

竟然能夠在第一時間做出反應，不愧是師父……可是，直接跟星邊學長說明日葉院同學在換衣服，不就沒事了嗎？

「……真是些毛毛躁躁的人……」

半裸的明日葉院同學喃喃自語。

就是說呀。

……順便一提，支撐明日葉院同學碩大果實的胸罩，上面有精細的刺繡圖案，真的很可愛。

伊理戶水斗◆體育祭隨便參加紅白球投籃混過關同盟

『選手宣誓！我們全體運動員——』

時為氣候宜人的十月中旬。在秋高氣爽的晴空下，我們學校的體育祭終於正式開始。這是讓全校學生一同揮灑汗水，堅定情誼的運動祭典。是培養光明正大運動家精神與團隊精神的青春活動——

——傳聞中是這樣，但參加完開幕典禮的我，二話不說就來到位於操場旁邊的網球場一隅。

「啊，水斗同學來了——」

「嗨，伊理戶——」

高高張開的網子旁設置了長椅，東頭伊佐奈與川波小暮發懶放鬆地癱坐在那裡。我一邊走向兩人，一邊說：

「你們來得真快。我費了好大一番勁才穿過人群走到這裡。」

「假裝去廁所就輕鬆搞定。」

「我毫無存在感所以輕鬆搞定。」

伊佐奈連連拍打她與川波之間空出的位子，於是我在兩人的中間坐下。儘管坐起來一點也不舒適，但比直接把屁股放在地上舒服多了。

『第一場競賽是一百公尺賽跑，出場的選手是——』

遠遠傳來廣播社的播報聲。班上其他同學現在，應該正在擺在操場上的那些椅子之間忙碌穿梭，但此處就連一點喧鬧感都分享不到。簡直像是另一個世界發生的事。

「這個地點不錯吧？體育祭不會用到網球場，不用擔心被老師看到，是不為人知的好地點哩。」

「只有今天我可以稱讚你一下，痞子男。你提供本小姐跟水斗同學幽會的地點，記大功一件。」

「少跟我來這套，我又沒叫妳來！我只是看伊理戶懶得參加體育祭，才跟他分享而

已！」

「是是，傲嬌傲嬌。」

「有夠欠揍！」

我漫不經心地聽感覺日漸混熟的兩人拌嘴，從運動服口袋拿出套有黑色書套的文庫本。

「水斗同學會參加哪一種競賽？」

伊佐奈貼到我身邊來故意氣川波，讓我倆肩膀相觸。我一邊翻頁一邊說：

「紅白球投籃。」

「而已嗎？」

「而已。」

「我只有參加拔河而已──！」

「妳在高興個什麼勁啊，噗呦噗呦泡芙女。」

川波神態傻眼地說了。

「憑妳這種跟魔法氣泡似的肉肉胳臂拉得動繩子嗎？等妳四塊脂肪連成一線消除掉之後再來跟我有自信啦。」

「我也沒辦法啊！像我這種人，沒別的選擇了嘛！」

「嗄啊？為什麼？」

「你不會懂的啦……水斗同學一定能體會吧？」

伊佐奈咧嘴一笑，貼我貼得更緊了。大幅撐起運動服的胸部就快要碰到我的手肘附近，我只好稍微讓一讓。

「（水斗同學想必是知道的吧——？只有水斗同學知道我身上哪裡比胳臂更有肉，對不對——？）」

「喂，我聽見妳這傢伙在說什麼了！妳這蠢蛋，少給我裝大人色誘伊理戶！」

真高興有川波你在，省去我吐槽的力氣。

不過從實際情況來說，大概是跑步或跳躍會讓胸部晃動得很痛，所以不願意參加其他項目吧——這對女生而言可是一大問題。

「我忘了痞子男要參加什麼項目了。水斗同學有我陪就好，你放心地去吧。」

「決定了，我今天要偷懶。就專門為了監視妳……！」

「還是算了吧，反正南同學終究會逮到你。連我跟她都會被你拖下水。」

「就是呀。再怎麼痞，偷懶也是不對的唷。」

「這話輪不到妳來講！」

看來今年的體育祭可以和平結束了。只要我左右這兩人能再安分一點就好。

伊理戶結女◆加深的理解

「喲呵～結女，現在方便嗎？」

上午的賽程正在順利進行中，我在籌備單位的帳篷裡忙進忙出時，曉月同學過來了。

曉月同學由於跟我比較要好，因此擔任應援團與學生會的聯絡人。

「啊，嗯，方便呀。什麼事？」

「是這樣的，有女生忘記帶立領學生服了——有沒有哪裡有備用的？」

「啊——別擔心別擔心，我們也想過有這種可能，所以多準備了幾件。我想想，應該放在更衣室的紙箱裡吧。」

「謝謝！」

既然正事講完了，就順便問一下吧。

「班上情形怎麼樣？」

「嗯——？就普通吧。玩得起來的人玩得開心，玩不起來的人就玩不起來。體育祭就是這樣嘍。」

「說得也是……」

像我如果沒加入學生會，應該也是屬於玩不起來的一邊。

「那麼水斗也是了？」

「他啊，不知道跑哪去了。跟川波兩個人不見蹤影！我以為他是去找東頭同學了——結果跑去一看，她也不見了！我看那三個人啊，一定是躲在哪裡偷懶。」

水斗跟川波同學，還有東頭同學……？經她這麼一說，最近偶爾是會看到他們三個人混在一起。川波同學跟東頭同學，原本關係明明那麼惡劣，真是猜不到。

「嗯——……」

我稍微想了想，說：

「算了，應該沒差吧？總比沒事做閒著無聊來得好。」

沒興趣的人，就不該硬是把他們拉進圈子裡。水斗他們有他們度過活動的方式。我們沒那麼了不起，可以單方面地否定他們的做法。

「嗯——」曉月同學面露複雜表情偏著頭，說：

「既然學生會大人都這麼說了，那就別理他們吧——」

「不要故意損我啦——」

「啊哈！如果他們沒去參加競賽，再來跟我說喔！我馬上就會找到他們！」

曉月同學一出馬說不定真的立刻就找到了。而且她分明已經參加完一個項目，卻好像完

全不累。剛才的障礙跑，她簡直跟源義經一樣……

「伊理戶同學！妳來一下——啊。」

明日葉院同學用小跑步過來，一看到曉月同學的臉，立刻停了下來。

至於曉月同學，則是看都不看明日葉院同學的臉，目不轉睛地盯著人家運動服飽滿的胸脯，說：

「……什麼嘛，今天穿運動內衣啊。」

「妳、妳怎麼看出來的！」

「不是，參加體育祭當然是穿運動內衣吧……」

我一面對臉紅退後的明日葉院同學這麼說，一面用手刀輕敲了一下曉月同學。

伊理戶水斗◆不斷成長的女性朋友

「好啦，那我去一下——」

輪到自己出場，川波懶洋洋地跑走，留下我與伊佐奈兩人待在網球場角落。

我繼續看書，伊佐奈用手機不知道在玩什麼遊戲，偶爾像是忽然想到般開口說話。

「水斗同學，水斗同學。」

「幹嘛？」

「最近的遊戲有時為了通過審查，會讓女生衣服穿多一點。」

「是啊。」

「在這種時候，他們有時會讓女生穿絲襪喔。你對此有何看法？」

「……不是，妳希望我給出哪種評語啊？」

「不是呀，你不覺得這樣反而更情色嗎？」

「我該表示同意嗎？話說在前頭，我並不贊成妳的看法。」

「咦！所以你覺得雙腿赤裸比較情色嗎！你每次看到我脫襪子，其實都在偷偷興奮嗎！」

「不要把事情越扯越複雜……我身邊有個傢伙很愛穿什麼絲襪還是褲襪的。所以我的意思是，我就算撕破了嘴也不能說那樣看起來很性感。」

「咦——？啊——……對耶，我剛認識結女同學時，她都穿著褲襪。」

「好像是不太敢露腿。不過到了夏天就實在穿不了了。」

「那不就表示最近又開始穿了嗎！才一陣子沒見就……唔嘿嘿。」

「把妳內心的色老頭藏好好嗎？很噁耶。」

「又不會怎麼樣，就只是用色情眼光看結女同學的腿呀。喜歡一個人不就是這個意思嗎？」

「是才怪吧。」

「你都沒用情色眼光看過結女同學嗎？」

「……我比較想把兩件事情區分清楚。」

「男人心也真複雜呢。不像我都不猶豫，直接搞混。」

「我沒辦法像妳一樣肯定本能啦。」

「那麼，假如我穿絲襪來找你，你不就可以誠實地用情色眼光看我了嗎？」

「我要是誠實地用那種眼光看妳，我們就玩完了。」

「嗯——……我倒覺得開誠布公才是健全的心態耶——」

「話又說回來，褲襪與絲襪是不同的東西嗎？」

「不同呀，差別在於丹尼數。」

「丹尼數？」

「粗略來說就是纖維的粗細。粗的是褲襪。」

「是喔……也就是說褲襪顏色比較深嘍。」

「你比較喜歡哪一種？我喜歡絲襪！」

「……硬要說的話，大概是褲襪吧。」

「哦——？哦哦哦～？」

「不要賊笑。我沒別的意思。」

「我可沒說什麼喔——」

諸如此類的閒聊，混入體育祭的播報聲或人群喧囂中飄去。

聊著聊著，似乎又有一項競賽比完，我聽見了召集競賽出場選手的廣播。

『女子拔河項目，出場的學生有——』

我一聽，就用手肘輕輕頂了一下伊佐奈的上臂。

「喂。妳不是說妳要參加拔河嗎？」

「咦？……啊！我都忘了！」

她果然忘記了。真是好險。

「唉～真麻煩。好吧，快點去比完就回來吧～」

說著，伊佐奈挺起胸脯，使勁伸直原本駝著的背——

——啪！

隨後，傳來某種物體繃斷的聲響。

伊佐奈維持著伸懶腰的姿勢，當場凍結。

「……喂，怎麼了？怎麼有奇怪的聲音？」

「沒有……那個……這個……」

伊佐奈隱約面露焦急的表情，慢慢把手放到胸口的正中央，然後臉色慢慢發青。

「……壞掉了……」

「嗄？什麼東西壞掉了？」

「……胸罩的，扣子……」

啥麼？

扣子……？扣子，就是那個嗎？扣住胸罩的零件？

「……妳是說現在，壞掉了嗎？」

「就是現在……我一挺胸，前面的扣子就……」

原來她用手護住雙胸，是在按住快要滑落的罩杯？

「妳……竟然穿普通內衣……？我是不太了解，但妳們穿的那種，不是有運動用的嗎……？」

「一、一時習慣就穿了平常的款式，又懶得找運動內衣，想說沒差啦～就沒換了嘛！想、想說只是拔河的話應該還好……！」

怎麼會有這麼粗心的傢伙？而且也太倒楣了吧，竟然選在這種時候壞掉。

伊佐奈駝著背懊惱地閉起眼睛，說：

「真討厭～……！最近都沒怎樣，害我大意了～……！」

「是說原來那個還會壞掉啊……」

「會啊，國中的時候整天壞掉。因為尺碼變得很快……」

啊～……我聽懂了……

咦？這也就是說……難道說，她的尺碼變了？又變了？

「上了高中之後明明都沒事的說～……！都是水斗同學害的！」

「嗄？關我什麼事啊？」

「都怪水斗同學過度刺激我的女性荷爾蒙啦！上次還被你揉過！」

「我那不算揉吧……可是該不會，那個……尺碼真的變了嗎？」

「……………………」

伊佐奈陷入沉默，低頭看著自己用雙手按住的胸部。

「……之前是有感覺，好像變緊了一點……」

「……是喔……好吧，嗯，畢竟也才高一嘛，或許也有這種情況吧……」

「是水斗同學……」

伊佐奈用一種傾訴的眼神抬眼看我，說道。

「是水斗同學……讓我變Ecchi的喔。」

「……………………」

Ecchi。Ecchi。H。ABCDEFGH。

「……發音要標準。」

「嘿嘿。一語雙關。」

伊佐奈羞赧地笑著，自己揉揉自己按住的胸部做確認，說：

「好吧，雖然如果穿有延長背扣的款式，G或許也不是塞不下……但可能還是跟媽媽說一聲，請她幫我買新的比較安全吧。」

「……別來問我。」

「你覺得哪種款式比較好？」

「就說了別來問我。」

我看她是在逗著我玩吧。她真的只有在這種方面格外有自信。

我一邊別開目光，一邊說：

「總之快想辦法處理一下吧。集合要遲到了。」

「嗯——真沒辦法……也沒時間修理了，那就先——嗯咻！」

只見伊佐奈在運動服底下東摸西找，然後把手塞進領口——將淡粉紅色的胸罩一把扯了

出來。

「喂！」

「這個，可以請你幫我保管嗎？」

然後，她把那個隨手往我腿上一放。我啞然無言地，看著這個還留有體溫的東西。

「不不，給我等等，這未免太……！」

「我先聲明，我也不是沒在害羞喔！」

伊佐奈臉頰微微泛紅，瞪人般地注視著我。

「可是，總比拔河拔到一半掉出來好多了……！我馬上就回來了！你就先把它藏在運動服底下好了！拜託你了！」

說完，伊佐奈站起來。

隔著看不出身體線條的運動服，想都不會想到她沒穿內衣。如果是不用跑跑跳跳的拔河，確實是應該不會穿幫。看在知悉事實的我眼裡，卻——

「……我去去就回。」

伊佐奈帶著決心這樣告訴我，我也沒辦法再說什麼了。

我只能目送她的背影離去——將這件被留在我的腿上，罩杯比掌心還大，而且像溫水一樣暖烘烘的胸罩，一邊心中充滿罪惡感，一邊把它藏進運動服底下。

伊理戶水斗◆只有心有餘裕時才能陪小惡魔胡鬧

『女子拔河項目，現在即將開始！千萬別錯過女生的無仁義之戰——！』

聽著語氣莫名激動的廣播，我望向操場的正中央。

三條中間纏著膠布的麻繩放在地上，伊佐奈用雙臂抱住其中的第二條麻繩。可能是按照身高順序排列，她排在比正中央稍微後面一點的位置。幸好是個不太顯眼的位置。

我一邊念念不忘像是織田信長的草鞋一樣被揣在懷裡弄暖的胸罩，一邊靜觀摯友的身影。

槍聲一響，麻繩被拉得筆直。拔河繩配合著吆喝聲左右移動。看起來雙方實力似乎旗鼓相當。

伊佐奈似乎也覺得要做就要認真做，漲紅了臉卯足全力拔河。雖然看起來多少有點戰戰兢兢，這點小缺點尚可接受。

看起來應該不要緊。絕不會有人發現那傢伙現在處於無罩狀態。就連知道事情真相的我都看不出差別了。

過了十幾秒，反覆上演了幾次角力過程後，麻繩被大幅拉向對手的隊伍，伊佐奈那隊一口氣失去平衡，被拉扯著向前撲倒——

「……啊。」

嘶沙沙——伊佐奈摔了一個大跤。雖然整個隊伍無一倖免，但只有知道事情真相的我，看出值得擔憂的一大問題。

她被拖在地上，滑行了一下。

壓扁的胸部，與地面產生了摩擦。

……她那樣子，要不要緊啊？

沒穿胸罩，不只表示失去支撐容易搖晃，也表示單純少掉一件保護胸部的鎧甲——

嗚啊——！其他隊員都在哀叫的時候，只有伊佐奈一言不發，隔著運動服按住了雙胸。

我看到她兩眼有點含淚。

不得不說滿可憐的，但這得怪她自己疏於準備……

好吧，就去安慰她一下好了。況且我也想趕快把這個還給她。我如此心想，正準備走向選手離場的方向時……

「咦？水斗？」

就聽見一個熟悉的嗓音。

一瞬間，我的思維變得一片空白，接著渾身大冒冷汗。

「原來你在這裡呀。你在做什麼？」

那傢伙一無所知，一步一步地靠近過來。

那傢伙——伊理戶結女她……

渾然不知我在運動服底下夾帶伊佐奈的胸罩，就這樣小跑步靠近過來。

身穿運動服的結女，左邊上臂套著體育祭籌備委員的臂章。因為是籌備人員所以必須到處奔波，沒有留在班上。我太大意了……！

「喔……喔喔。」

我也不好拔腿就跑，只能發出不具意義的呻吟聲代替回話。

結女微微偏頭，停在伸手可以碰到我的距離。我很想倒退兩、三步，但拿出勇氣克制住了。

「我聽說嘍，你好像都沒待在班上？都到哪裡去偷懶了？」

「不……不告訴妳。我不會對統治階級說出任何一個字。」

「還統治階級呢。」

結女呵呵笑著。現在是跟我有說有笑的時候嗎！有事要忙就快走啊！

「那麼反抗軍先生，既然你對體育祭不感興趣，到這裡來有什麼事呢？」

「沒……沒什麼，只是正好信步走到這裡——」

「啊，你該不會——」

結女呵地微笑了一下，抬眼望著我位置比她高的臉。

「——是來見我的吧？」

……唔啊啊啊啊啊！

我現在這種狀態沒空陪妳玩小惡魔遊戲啦！

「不是！才不是！我根本沒打算要碰到妳！」

「咦？」

「總、總之，我還有事！那就這樣了！」

「啊，你等——」

我硬是結束對話，當場逃之夭夭。

可惡，伊佐奈！看妳怎麼賠我！

伊理戶結女◆進攻的時候防禦最弱

「小～結子！我們去吃飯吧——咦，哦嗚！」

進入午休時間，亞霜學姊來到籌備帳篷，一看到我的臉就發出海象般的叫聲。

我慢慢抬起頭來，說：

「……學姊怎麼了……？」

「這是我要問的好嗎！小結子妳是怎麼啦！散發出這種賽馬結束後從馬場走出來的人似的氛圍！」

「沒有啊……沒什麼大不了的……又不是……第一次了，那種態度我習慣了……啊哈哈……」

亞霜學姊猛搖亂晃我的肩膀。我沒事啦……請學姊別再理會我這種沒人想見到的女人了……

「病情似乎挺嚴重的呢。」

紅會長忽然從亞霜學姊的背後冒出臉來。

「愛沙，她看起來就跟妳自以為向星邊學長告白了，結果完全撲空時一模一樣呢。」

「請妳不要用日常閒聊的語氣亂挖別人的心理創傷好嗎！」

「小生那時候還覺得挺過癮的，心想誰教妳要故作小惡魔姿態拐彎抹角才會那樣。」

「這個天才個性真夠惡劣的！」

……故作小惡魔姿態……拐彎抹角……

「……會長說得一點也沒錯……」

「小結子？」

「就跟傲嬌一樣……在現實中實行只會讓人覺得很煩……什麼小惡魔舉動，真不該得意忘形做那麼多次的……」

「不是，小結子？妳所講的那些話全部都酸到我了耶！不要再說啦——！我已經無法回頭啦——！」

伊理戶結女◆當喜歡的人自我評價過低時

不久我恢復了冷靜，於是大家決定邊吃飯邊繼續聊。

「都是空腹害的啦！肚子餓的時候最容易變得悲觀了，小結子！」

「是這樣嗎……」

「真的啦！就像我肚子餓的時候也會想太多呀！妳說對吧，鈴理理！」

「不，小生覺得還好。」

「合群一點啦！」

亞霜學姊在自己的書包裡翻翻找找，說：

「妳們倆有帶便當嗎？我有帶自己做的——咦？啊。」

學姊邊說邊拿出來的，是用手帕包好的便當盒。

只是，有兩個。

從大小來看，明顯是兩人份……？

「呃……這個是……」

亞霜學姊神情尷尬，眼睛瞄了我好幾次。

「小、小結子，對不起……在這個狀況下有點難以啟齒……」

學姊把其中一個便當盒輕輕捧到胸前高度，說：

「……我可不可以……把便當拿去……給學長？」

我差點窒息而死。

「……恭喜學長姊感情發展順利……」

「眼神！眼神死透了！」

好耀眼……酸酸甜甜的青春好耀眼……好奇怪喔。明明應該是我年紀比較小，怎麼會是她那邊在談純純的戀愛呢？

紅會長嗤嗤笑了起來。

「這樣也好，那就去觀賞愛沙恥度爆表的追男生方式，順便前往學生會室吧。這裡風沙有點大。」

「妳說誰恥度爆表了？小生妹臉皮還這麼厚！」

會長沒理她，逕自快步走出籌備帳篷，我與亞霜學姊也追過去。

我走到會長的身邊，說：

「會長妳……沒有要做什麼嗎？」

「什麼意思？」

「該怎麼說呢？就是……妳跟羽場學長呢？」

此話一出，本校第一優等生紅鈴理學生會長，立刻像小孩子般噘起了嘴唇。

「……被他跑了。」

「咦？」

「說什麼『跟我一起吃飯有損妳的風評』……不覺得很過分嗎！」

「哇──阿丈同學真的很看輕自己耶。」

亞霜學姊表情傻眼地說。

會長一邊加快腳步，一邊說：

「豈止看輕自己，那根本是有病。他沒發現他越是貶低自己，就越是在否定小生看中他，把他留在身邊的判斷。」

「是會覺得很焦急呢……可是，只有自己知道他有多優秀，心裡不會有點偷偷高興嗎？」

「…………………」

紅會長神情依然像在鬧彆扭，側眼瞪了我一眼。

「……結女同學，妳這話簡直有如惡魔的呢喃。」

「咦！會、會嗎……？」

「好想獨占阿丈同學喔──！可是，又好想跟大家炫耀他的好喔──！鈴理理真的是欲望深重呢。」

「不用妳多嘴。」

紅會長飛快地別開目光，假裝撩起瀏海，藏起了自己的耳朵。

「小生不過是比別人思緒敏捷一點……但也就是個普通的女人罷了。」

「而且是阿丈同學讓妳明白這一點的，是吧？」

「妳真的很多嘴耶！」

「好痛！」

會長狠狠踩了亞霜學姊一腳。

看到這種毫無天才作風的純粹暴力，我不禁笑了一下。

伊理戶結女◆激烈對待敏感部位之後

「學長——♪我送便當來給你了——！」

「喔，辛苦了。」

「真是個會使喚學妹的學長呢。一大早起床做這個，可不是件簡單的事喔。」

「是妳自己說要做的吧……不過，實際上的確幫了我大忙。畢竟妳做的菜很好吃嘛。」

「跟學長比起來當然——」

「每天吃我都願意。」

「——呼唔！」

「啊，不行，那樣就得天天被妳糾纏不休了……還是偶爾吃吃就好。」

「啊嗚……嗯唔——……！我、我晚點再來收便當盒！那我走了！」

亞霜學姊羞紅了臉，逃離星邊學長的班級。

我站在遠處旁觀，跟同樣在一旁當觀眾的紅會長說了：

「她那樣進攻怎麼都不會被嫌煩呢……？」

「那當然是因為對方是星邊學長了。」

「我想也是……」

都看到學長用天然呆反擊了。就是因為能那樣我行我素，才不至於被亞霜學姊的氣勢吞沒吧。

作為一個旁觀者，會覺得照她那種進攻方式，對方不是產生誤會就是跟她保持距離……像星邊學長班上的人，尤其是女生，都用一種蔑視的眼神看亞霜學姊。果然是被同性討厭的類型……

亞霜學姊回到我們身邊來，臉蛋依然有點泛紅，擺出略微抽搐的跩臉，挺起穿運動服的胸脯。

「怎麼樣，小結子！看見妳師父的英勇表現了沒！」

「是。也真是辛苦學姊了。」

「……怪了怪了？我的徒弟啊，妳是怎麼了？怎麼講話有點高高在上啊？」

「我覺得妳沒對『妳做的菜很好吃』做出反應已經很了不起了。」

「不准給評語！」

總而言之，既然亞霜學姊的事情辦好了，我們也該前往學生會室了。

我們走出操場，往校舍的方向前進。這時——

「嗯？」

紅會長第一個看見了那兩個人。

對我來說，那背影再熟悉不過了。一個是我的繼弟兼前男友，伊理戶水斗。至於另一個人則是他的摯友，也是我的朋友東頭伊佐奈。東頭同學大概是參加了剛才的拔河，運動服被塵土弄髒了。

如果只是這樣，那還沒什麼。

那兩個人待在一起，早就跟書本需要封膜一樣理所當然了。

只是——有個地方很奇怪。

東頭同學不知為何，整個人搖搖晃晃的。

「嗚嗚……還有點刺痛……」

「畢竟摩擦得很激烈……要不要去保健室？」

「那、那樣太害羞了啦……」

東頭同學駝著背抱住胸部，兩腿也有點內八。

而且——身體還會不時抖動一下。

「噫嗚！」

「怎麼了？」

「變、變得有點敏感……那個，會擦到……」

「喔……喔喔，這樣啊……」

他們那什麼氣氛啊？

這種有點尷尬，又有點像是表示關懷的獨特氣氛，是什麼意思？

當我的情緒倏地降溫時，「哦哦。」亞霜學姊露出深知內情的表情。

「看那樣子……是剛做過吧。」

紅會長頷首。

「完事之後無誤。」

胸口深處急速湧起一股焦慮，我毫無意義地亂搖雙手，說：

「不！可是，總不至於在體育祭的時候……」

「體育祭的時候校舍裡不是都沒人嗎？沒有比這更好的地點了吧？」

「真是傷風敗俗。他們或許以為自己很高明，但別想瞞過小生我們的法眼。」

「還說會刺痛咧。」

「還說變得敏感呢。」

「很、很難說吧！說不定只是拔河時摔倒激烈摩擦到乳頭而變得敏感啊！」

「哪有可能嘛。妳當人家沒穿胸罩啊？」

「誰都知道體育祭就是要進行激烈運動，怎麼可能會有女生不穿胸罩參加呢？」

「嗚……嗚嗚——……！」

反駁……！我無法反駁……！

我明知道那兩個人就是那樣……！明明肯定只是某種誤會——！

「也罷也罷，可能小結子還不懂那方面的事吧。」

「總有一天，結女同學妳也會了解男女之間的微妙關係的。」

「…………連接吻都沒有過還好意思講。」

「「妳說啥？」」

我們差點沒吵起來。

伊理戶結女◆義正詞嚴最有效

「誰說我沒接過吻了！對啦，跟學長是還……沒有。但我又沒說這輩子一次都沒親過！」

「這就是所謂的謬論。只不過是沒有對象，不代表完全沒有那種經驗吧？身為學生會書記，請妳充分注意自己的發言。」

「是是是，真對不起。」

我讓兩個難搞學姊的無限藉口篇左耳進右耳出，聽了老半天才抵達學生會室。

總覺得這段路好漫長啊……明明只是要吃頓午飯，怎麼會把自己搞得這麼累？

「啊，對了，不用找明日葉院同學一起沒關係嗎？」

「嗯——？她應該正在跟班上同學一起吃吧？」

「還是問問看好了。」

「可是她很排斥這方面的話題耶——……」

的確，我們接下來要聊的內容是一般所說的戀愛話題。反戀愛主義的明日葉院同學可能

會不愛聽……再說，還得設法向她隱瞞紅會長與羽場學長的關係。

「但也沒關係嘛，就先聯絡她看看——」

亞霜學姊一邊說，一邊打開了學生會室的門。

然後，我看到明日葉院同學獨自坐在會議桌旁吃便當。

「啊。」

「啊。」

明日葉院同學轉過頭來，弄掉了用筷子夾住的玉子燒。

學生會室連燈都沒開。在只有從窗戶射入的陽光照亮的昏暗會辦裡，一個嬌小的少女隻身一人吃便當。

紅會長探頭往室內看，發現了明日葉院同學的存在。

「原來妳在這裡啊。這樣剛好。」

咦？……會長，妳沒注意到嗎？我們現在碰上的場面，其實還滿尷尬的耶？

紅會長啪的一聲打開燈，走進學生會室。

「小生我們正好也準備吃午飯。可以和妳一起吃嗎？」

「好……好的。當然可以……」

當明日葉院同學也略顯尷尬地回答時，我把肩膀湊向亞霜學姊，壓低聲音問了：

「（明日葉院同學在班上沒有朋友嗎……？）」

「（不、不曉得耶……？我對她的班級不是很了解……）」

我以為她只是討厭男生，女生朋友還是有的……但她故意不開燈，就表示她是躲在這裡對吧……？

難道說，不同於任性妄為到最後跟班上格格不入的水斗或東頭同學，她屬於單純無法融入班級的那種邊緣人……？這讓我想起以前的自己，胸口開始感到難受。

總之，我們也走進室內，在平常的座位坐下。只有紅會長不是坐平常的主位，而是我的斜前方——明日葉院同學的身邊，亞霜學姊的正面——放下了便當盒。

「記得蘭同學應該是六班吧。競賽還順利嗎？」

「這……個嘛。應該還可以……」

為什麼要聊到班上的話題！

記得紅會長自己也說過……現在這樣一看，她的確有點不夠了解人心。至少要是羽場學長也在就好了！

「啊——……先不說這個了！」

像是想改變氣氛，亞霜學姊語氣開朗地開口了。

「小結子！妳不是有事情想聽大家的意見嗎？聚在一起就是為了這個嘛！」

「啊，啊——……是這樣沒錯。」

雖然是事實！但坦白講，真希望她現在別把話題轉到我身上！

明日葉院同學神色平靜地看著我，說：

「如果妳是在顧慮我，請別在意。我會當作沒聽見。」

嗚，嗚嗚……真讓人傷心……就是那種習慣看到除了自己以外都玩得很開心的人會說的話……

「不！……難得有這個機會，我希望明日葉院同學……也能提供意見。」

「……好吧。只是不知道我能不能幫上忙……」

我不會排擠妳的……！能夠一起加入學生會就是有緣！我就偏要讓妳參與話題！假如像水斗的時候那樣，本人顯得不樂意的話……就到時候再說吧。

我稍作思考，把原本想講的話重新整理一遍後，說：

「……這是我一個朋友的狀況。」

「噗呼……」亞霜學姊小聲噴笑出來。對啦，我就是在說我自己啦！不准笑！

所幸明日葉院同學似乎並未抱持疑問，於是我繼續說出了剛才與水斗之間發生的事。告訴她們我表現出挑逗的態度作弄他，結果惹來全面否定，還被他跑掉了……

「還以為最近變得挺有感覺的——聽說是這樣，可是隨後就發生這種狀況，所以我——

的朋友，好像也搞不清楚是怎麼回事……」

「呣——」亞霜學姊沉吟片刻。

「或許是有什麼隱情吧？像是有急事之類的。」

「是這樣嗎……」

接著紅會長用鼻子哼了一聲。

「真想不到有這麼遲鈍的人，竟然對這麼明顯的攻勢不屑一顧。碰到這種傢伙，也只能不斷表態到對方有所回應了吧。」

「妳也覺得是這樣嗎？」

我以為水斗算是比較細心的類型，但有時也會誤會一些莫名其妙的事情很久……為了突破這一點，到頭來或許也只能持續進攻了。儘管看到足足兩個人進攻了一年都得不到半點反應，讓我多少感到有點不安……

而最後一位——明日葉院同學聽了，愣愣地偏了偏頭。

「不好意思……真要說起來，嘲弄別人本身就很沒禮貌吧？」

我們幾個人都結凍了。

「那樣做就只是無視於對方的意願，把自己的需求強加在人家身上而已；恕我失禮，妳那位朋友會不會太缺乏常識了？」

我們結凍的身體迸出裂痕。

「如果對對方抱持好感，就更不應該試著壓過對方吧？我覺得被討厭是當然的。」

我們的玻璃心碎了一地。

「……沒禮貌……」

「……缺乏常識……」

「……被討厭……」

是這樣嗎？

原來是這樣嗎？

我……一直都在做些活該被討厭的事嗎？

「那個，我有說錯什麼嗎？」

明日葉院同學不解地偏著頭。

沒有……妳沒說錯。說得對極了。正確無比，無懈可擊。只不過是我的玻璃心，承受不住妳這番正確言論的力道而已……

「……呵。」

這場正確有力的言論痛擊帶來的後勁，或許該說果然厲害吧，最早撐過來的是紅會長。

「真是極其冷靜而合乎邏輯的觀點。十分符合蘭同學的個人特質。」

「謝、謝謝學姊！」

「希望妳能珍惜這份特質。絕不要出於一時的感情——嗚唔——而遺忘了看事情的客觀角度。」

自己講到自己都受傷了！

至於明日葉院同學得到崇拜的會長稱讚，則是兩眼發亮地說：

「是！為了不辱學生會之名，我在做任何事情時，都會注意自己在他人眼中的形象！」

「……唔嗚嗚……」

上次才剛剛在隔壁資料室裡，正好就是出於一時感情而做出了有辱學生會之名的行為的學生會長，靜靜地被打垮了。

「……順、順便問一下。」

我隱藏起內心受到的傷害，鼓起勇氣向明日葉院同學問道。

「就明日葉院同學的看法……妳覺得怎麼做，才是對的？呃，我是說我的朋友。」

「咦？這個嘛……我對談情說愛不感興趣，所以只能提供一般普遍的看法……」

「嗯。」

「只要誠實向對方表達心裡的想法，不就行了嗎？」

砰——！亞霜學姊猛地撲倒在桌上。

好像都能聽見她大喊「要是辦得到就不用這麼辛苦啦！」的聲音了。

「……我會這樣跟她說的。」

「不、不用啦，那個，我也知道這麼做不容易。只是，我覺得，偶爾也要用言語與行動明確表達感情，才能讓對方明白……我只是這麼覺得而已。」

……偶爾也該這麼做，是吧。

說得也是……每次都只是意有所指，也是不行的。

「……對不起。我講得好像自以為了不起。」

明日葉院同學略微低下頭去，用細微的聲音說了。

「咦？沒有啊，我不會這麼覺得……」

「我明白我說的話不具說服力。說穿了，都只是理論罷了——妳聽聽就算了沒關係。」

說完之後，明日葉院同學就繼續專心吃便當了。

看到她那自己給自己下結論的模樣，使我聯想起不久之前的東頭同學。

伊理戶水斗◆在看不到的地方

我照顧著摔一大跤讓乳頭受傷的伊佐奈回到網球場，看到除了川波之外，又來了一個不速之客。

「啊，你們總算回來了——！」

在立領學生服下面穿著裙子的南曉月，抓住川波小暮的脖子拖著他走。

我瞥他一眼的同時說：

「南同學，妳怎麼穿成這樣？」

「應援團啊！怎麼連這都不知道啦！對班上同學也太沒興趣了吧！」

「喔……」

經她這麼一說，好像是有個應援對抗賽。應該是在下午賽程開始之前的項目吧。

「我在等你們兩個的說！結女好像去學生會那邊——」

南同學話講到一半忽地中斷，探頭看看在我背後的伊佐奈。

「……東頭同學，妳怎麼站得這麼往前彎啊？」

「啊！沒有！我本來就是這樣！請別在意！」

「好在意喔～……」

伊佐奈被南同學的冷眼嚇到，躲到我背後。她的說法是乳頭會擦到衣服，所以得讓身體前屈減少接觸。壞掉的胸罩我早已物歸原主，似乎被伊佐奈拿回教室去收好了……但照她這樣子看來，剛才就算壞掉了或許也該讓她穿著的。

「算了，管他的。你們兩個，都還沒吃午飯吧？既然結女不在～想說要不要我們一起吃！」

「是無所謂，但我可以先問個問題嗎？川波這是怎麼搞的？」

怎麼看他被揪住脖子，整個癱軟不動……

「喔，你說這傢伙啊？沒事沒事，別在意。等一下就會醒了。」

「不，我是想問妳對他做了什麼。」

「沒事沒事！」

超可怕的，死都不肯講。

「那就趕快出發吧！我還得參加應援對抗賽，午休時間很短的～」

南同學好像理所當然似的，拖著川波一路往前走。

不知是不是我多心，川波從運動服袖口露出的手腕，彷彿冒出了像是蕁麻疹的斑點。

伊理戶水斗◆高度發展的友情與戀愛關係過於相近

由於結女去加入學生會的行列了，本以為她是沒其他朋友可以一起吃午飯——所以才會找上我們，結果我完全想錯了。

「登登——！這位就是東頭伊佐奈妹妹——！」

「喔喔——」

「喔喔～！……喔喔喔喔～～～？」

經常與結女還有南同學一起混的兩個女生，緊盯著伊佐奈的胸部不放，開始拍手。一個剪鮑伯頭，給人一種心不在焉的感覺；另一個則個頭高挑，明顯散發出體育社團系的快活氣質。

伊佐奈神色不安，連扯幾下我運動服的手肘部位。

「（陌、陌生人……！有陌生人在耶！）」

怕生又只敢對熟人大聲的伊佐奈，像松鼠面對獅子般嚇得發抖。真是……我不知道南同學有什麼打算，總之這裡只能由我來介紹大家認識了。

「呃——……」

見我歪頭看著兩人，「喔。」南同學捶了一下手心。

「看起來幹勁缺缺的是金井奈須華，好像很聒噪的是坂水麻希啦！」

「咦！你根本不記得我們叫什麼嗎！我們同班沒錯吧！是說什麼叫做我看起來很聒噪啊小月月！」

「小妹我也不會去記平常沒來往的人的名字。初次見面～請多指教呀～」

「咦！奇怪的是我？我才是少數派？」

的確好像很聒噪。坂水，坂水，坂水是吧。看起來幹勁缺缺的那個似乎很明理。金井，金井，金井……好，記住了。我是說今天暫時記住了。明天就不知道了。

「初次見面的寒暄就免了，叫我們過來到底要做什麼？話說在前頭，有生人在場的環境對這傢伙而言，就像淡水魚被丟進大海一樣。」

「那不是會死嗎？不是啦，結女離開後就剩我們三個，大家都說有點寂寞——這時我就想起之前說過要把東頭同學介紹給大家認識～於是就說——那就把她帶過來吧這樣。」

「都不用問一聲的喔？先問過本人啊。」

「喔喔，說得也對。東頭同學！我們一起吃飯好不好？」

被南同學整張臉湊過來問，伊佐奈瞄了坂水與金井幾眼之後，說：

「好吧……是……沒有……關係……」

「她說她很樂意——！」

「嗚唔……」

遭到南同學這番過度放大解釋的翻譯，伊佐奈變得更加畏畏縮縮了。真傷腦筋。她或許只是想讓氣氛歡樂一點，但是把別人說的話扭曲傳達就不對了。

南同學把一路拖來的川波隨手往旁一丟，拉了兩把椅子過來，放到坂水與金井的旁邊。她自己坐在其中一把椅子上，說：

「這個椅子給東頭同學坐——我已經問過人家了。」

「好、好的……」

伊佐奈如此回答，但還是顯得不太放心，於是我也把自己的椅子搬過來。其間，坂水與金井低頭看著被丟在地上的川波，說：「真可悲……」「好像被釣起來的鮪魚呢。」

我把自己的椅子放在伊佐奈身邊，坐下之後，伊佐奈才終於把屁股放到人家借她的椅子上。

坂水與金井看著她這麼做，小聲說了：

「好大。」

「好大。」

「好會晃。」

「好會晃。」

「妳們兩個——詞彙能力退化很嚴重喔。」

……畢竟她現在是無罩狀態嘛。要是誰開口說想摸摸看，到時候我可得保護她才行。

看到伊佐奈緊張兮兮的樣子，我從旁對她說：

「伊佐奈，妳有帶便當嗎？」

「啊，有，我有帶。咦？不然你以為我腿上的這包東西是什麼？」

「沒有，只是——我看凪虎阿姨不像是會特地做便當的樣子……」

「今天好像是爸爸做的。」

「喔……」

未曾謀面的東頭爸爸，被使喚得好慘啊。不，或許單純只是有在分擔家事，但凪虎阿姨給人的印象就是……

「水斗同學的便當是那位女士做的嗎？」

「是啊。每逢這種日子，由仁阿姨都會很起勁。」

「好慈祥的媽媽喔。真想跟你換。」

我可不希望凪虎阿姨來當我媽。

「嗯——」

「原來如此～……」

看著我們的對話，金井與坂水一本正經地低聲說道，南同學則是不知為何咧嘴而笑。

「各位看官有何高見呀？」

「還不能夠確定呢。」

「不，可是他們剛才不是聊到家人嗎？那不就表示他們已經進展到認識對方一家老小嗎？」

扯到哪裡去了啊？

南同學她們沙沙作響地打開自己的午餐。南同學吃像是從超商買來的麵包，另外兩人則是似乎有帶便當。

「是說啊，奈須吉妳待在這裡好嗎——」

坂水麻希一邊說，一邊打開比我們都大上一圈的便當盒。

「不去跟學長男友一起吃沒關係嗎——？現在不是看巨乳的時候吧？」

「今天就免了吧。否則被伊理妹拋棄的南妹就太可憐了。」

「妳說誰被拋棄啦！再說一遍！」

唔嗯。的確，結女加入學生會之後，跟南同學相處的時間應該就少了。從她以往給我的印象來想，很意外她沒有鬧得更凶。

南同學撕開麵包的包裝袋一大口咬下去，說：

「我已經長大了！成為能坦率祝福好朋友開始新生活的成熟大人了！」

「是喔——」

「長大得好快呀。才不過一星期之前，妳還找小妹我哭訴說妳好寂寞呢。」

「那、那是……成長事件啦，成長事件！」

我倒希望她能一上高中就直接長大成人。這麼一來我就不用被她莫名其妙求什麼婚了——本來以為她最近變乖是川波的功勞，看來結女以外的朋友也提供了很大幫助。

「啊……水斗同學，水斗同學。」

我邊想著這些事情邊吃便當時，身旁的伊佐奈湊過來看我的配菜。

「我們來交換便當菜吧。我好愛吃伊理戶家的唐揚雞喔。」

「對喔，好像聽妳說過。那妳嘴巴張開。」

「嗯啊～」

對準伊佐奈像小鳥般張開的嘴，我用筷子夾起唐揚雞往裡面塞。

伊佐奈像松鼠一樣鼓起腮幫子嚼啊嚼的，說：

「嗷嗷吃喔～」

「那這個拔絲地瓜我要了。」

「麼麼呼！」

我眼明手快從伊佐奈的便當盒裡夾出一塊拔絲地瓜，丟進嘴裡。

伊佐奈嚥下嘴裡的唐揚雞之後抓住我的肩膀，說：

「我很喜歡吃那個耶！」

「我知道。」

「你是故意的吧！」

「用喜歡的東西換喜歡的東西，這不是等價交換嗎？」

「那正常來說也該選水斗同學喜歡的菜吧！」

「話是這樣說，但我沒有特別喜歡或討厭吃什麼啊。」

食物只要能吃就好。我一輩子向來如此。

伊佐奈氣鼓鼓地噘起嘴唇，說：

「像水斗同學這種人，不配讓人家親手做菜給你吃。」

「妳有計畫要煮給我吃嗎？」

「只是覺得少了一個攻略法而已啦。」

「妳已經用不到什麼攻略法了吧。」

「話不是這樣說啊。我可是日夜都在研究，要如何才能讓你更寵我呢。」

「真佩服妳志向如此遠大。」

「不然我畫個H圖給你怎麼樣？」

「怎麼會扯到那裡去啊？」

「只是覺得食欲不行，就從性慾下手呀——」

「……我怕我不理妳妳會變本加厲，就稍微寵妳一下好了。來，唐揚雞。」

「好耶——！嚼嚼。」

我抱持著親鳥的心情餵她第二塊唐揚雞時，幾個女生看到我們這一連串對話，開始竊竊私語。

「（不是，我看這絕對有在交往吧。）」

「（餵東西吃完全沒在猶豫的。嚇死小妹我了。）」

「（但是想不到吧，他們只是朋友。）」

「（最好是！妳少騙我！假日絕對過著糜爛的生活啦！）」

「（那樣的話，伊理妹也得多費心了呢。）」

就在這時。

一直沉默躺在地上的川波小暮，忽然霍地爬了起來！

「呀啊嗚！」

伊佐奈嚇了一跳，抓住我的肩膀不放……喂，妳現在沒穿胸罩耶。

我不動聲色地避開柔軟得教人害怕的觸感時，川波緩緩搖動灰頭土臉的腦袋，看向南同學她們那邊。

「剛才……是不是有人，說了某些令人極端不愉快的話……？」

「是你心理作用吧。來，拿去。」

南同學直接忽略川波宛如來自地獄的聲音，隨便把手邊剩下的麵包丟給了他。

「午飯，我順便幫你買的。還不快對我感激涕零！」

「啊——？」

川波邊拍掉後腦杓的塵土邊盯著她丟過來的麵包，表情不大高興。

「……我比較想吃咖哩麵包耶。」

「就知道你會這麼說，所以也有買。喏。」

「哦？謝啦。」

另一個包裝起來的麵包丟給川波，立刻就讓他收起了臭臉。

坂水與金井見狀，又開始講起悄悄話來。

「（不是，我看這兩個也在交往吧。）」

「（不如說，搞不好其實已經結婚了吧？）」

「……我還是覺得，聽見了令人極端不愉快的話……」

「這次可能不是你心理作用了。」

真是，這幾個人就不能安靜下來好好吃飯嗎？

「（噫嗚！……對、對不起，尖端還有點……）」

……妳也是其中之一啦。

伊理戶結女◆後方前男友粉

「咦？伊理戶弟弟？」

「剛才小妹我們還跟他一起吃飯呢，但一吃完就不知跑哪兒去了。」

「對呀對呀！跟東頭同學一起離開了！看他們那樣絕對在交往。」

「妳要講幾遍啦？」

午休即將結束時，我回到班上看看，但水斗不在。

我很驚訝他剛才竟然跟麻希同學還有奈須華同學一起吃飯，不過似乎是曉月同學硬把他們帶來的。「我跟東頭妹交換聯絡方式了。」聽奈須華同學這麼說，看來這頓飯吃得意外開心。

至於曉月同學由於之後得去參加應援對抗賽，已經離開了。同樣地我也沒看到川波同學的蹤影，不曉得是不是跟水斗還有東頭同學在一起。

本來是想在回去做事之前，跟水斗講兩句話的說……

在我走回籌備帳篷的途中，應援對抗賽開始了。

「加油！加油！紅、隊、必、勝！」

配合太鼓的打擊聲，男女參半的應援團發出雄壯威武的吶喊。

其中就屬曉月同學的個頭特別嬌小。但她威風凜凜的站姿與精湛俐落的動作，散發出絲毫不輸其他隊員的魄力。

靠近校舍一個不易引人注意的角落，有一雙眼睛從旁守護她。

「咦？川波同學？」

「啊。」

我一上前呼喚，川波同學立刻露出尷尬的神情。

是不是不想被人看見？看見他在一旁守望著曉月同學。

我覺得很溫馨可愛，輕聲笑了笑說：

「很有魄力對不對？曉月同學練習得很辛苦唷。」

「嗯——好吧……以一個矮冬瓜來說算是有努力過了。」

川波同學邊抓頭掩飾害臊邊這麼說。兩個人都好彆扭啊。

「……伊理戶同學，拜託妳別跟她說。那傢伙要是知道了一定會說什麼『自以為是後方男友粉（註：日文為「後方彼氏面」，偶像粉絲圈用語，指待在觀眾席後方低調支持女性偶像，把偶像當成女友的粉絲）啊——』得意忘形起來。」

「嗯，知道了。」

說完之後，我忽然想到一件事。

「那麼作為交換，可以問你一件事嗎？」

「嗯？」

「水斗同學跟東頭同學在哪裡？」

川波同學一聽，咧起嘴角，露出了壞心眼的笑臉。

「怎麼？妳很介意嗎？」

「……呃——因為我好歹也是學生會的人嘛。必須知道有哪些學生在偷懶才行。」

「好吧，就當作是這樣好了。雖然隨便就告訴妳的話不好玩……唉——反正已經被那傢

伙知道了，沒差吧。」

川波同學喃喃自語之後，指了指操場旁邊的方向。

「網球場的角落。那裡很安靜，可以放鬆休息。」

「這樣呀……謝謝你。」

拿那男的沒辦法……真是個與生俱來的社會不適應者。

我現在還得做事沒空，晚點再找機會去看看他吧。

伊理戶水斗◆初次接觸的乳頭

下午的賽程開始時，我與伊佐奈已經回到了網球場。

「哈呼……總算可以放鬆休息了……」

畢竟我們這邊可是有個無罩女。沒辦法在有他人眼光的地方待太久。

「那件內衣，沒辦法試著修好嗎？」

「咦──？我不確定耶……不曉得能不能用釘書機什麼的固定一下？」

「我哪知道啊？或者是更適合的東西，像是膠帶什麼的。」

「我沒帶啦——因為今天又不用上課。」

「還是去跟老師借？」

「……嗄——」

「妳好像很不樂意啊？」

「就覺得……不想為了這點小事……或者該說我想把拜託老師當成最後的手段吧……」

「好吧，我明白妳的心情。」

對我們這種人來說，拜託別人永遠是最終手段。

「如果只有水斗同學看到沒差啦。少了束縛輕鬆多了。而且只要穿著運動外套就不會激凸了。」

「這種事情不要掛在嘴上。」

「好痛！嘿嘿嘿。」

我小力賞伊佐奈一記手刀，她卻好像很開心地露出羞赧的笑。

然後，她把運動服的拉鍊稍微往下拉，縮起下巴往裡面看。

「哇喔，真讓人嚇一跳。沒想到學生運動服的布料這麼薄耶。形狀浮現得還滿清晰的。」

「不要拿來跟我閒聊。」

「你看你看，突出得這麼飽滿……」

「不要露給我看！」

「呼嘿嘿，開玩笑的啦──水斗同學你好可愛喔，這麼純情！」

「……妳最近是不是開始得意忘形了？」

「咦？」

「能夠建立起自信當然很好……但也許我該讓妳受點教訓，搞清楚誰才是老大……」

「咦？咦？等……你握住拳頭要做什麼──」

就在我的拳頭對準了伊佐奈的太陽穴時，事情發生了。

從網球場外，隱約傳來了悄悄說話的聲音。

「──……欸，真的不會有人過來嗎？」

「放心啦……」

「嗯……！」

我與伊佐奈面面相覷，然後屏息回頭望向背後。

在球網的另一側。就在校舍陰影處的逃生梯那邊，有一對陌生男女。

那對穿著學生運動服的男女生，互相擁抱著──嘴唇交疊。

「（喔啊……！啊，呼喔喔──……！）」

就在我的旁邊，伊佐奈鼻子直噴氣。

看來沒在認真參與體育祭的，不是只有我們兩個……如果還是情侶，會變成那樣也是理所當然——

我還在故作從容時……

「啊……！不、不行啦……！」

「抱歉。很快就好……」

「一、一有人過來就要停止喔……」

那個男生竟然一伸手，把女生的運動服下襬掀了起來。

看到一個不認識的女生突然露出胸罩，就連我也不禁當場凍結。

「（咦……？不會吧……在、在這種地方？——喂，水斗同學！）」

「（喔哇！）」

就在男生的手指滑進胸罩底下的同一時間，身旁的伊佐奈猛地撲向我，我被她壓倒在長椅的椅面上。

某種軟綿綿的東西，在我的胸膛上壓扁。我低下頭去，看見抬臉注視著我的伊佐奈，以及從學生運動服領口露出的、壓扁的飽滿物體。還有即使隔著運動服外套的布料仍然明確感覺得到，藏在水球般柔軟觸感中的一小顆硬物——

「（……不可以喔。）」

伊佐奈用幾近嘆息的呢喃聲，說道。

「（水斗同學初次看到的乳頭……必須是結女同學的，或者是我的！）」

……誰跟妳說我沒看過了？

應該說，假如不局限於「看見」，我現在就正在——

「（……只能說妳真是誠實啊，把自己也算進去了。）」

「（啊……當當當當然，第一次我會讓給結女同學的。）」

已經太遲了啦，白痴。

伊理戶結女◆抽到就知道

由於我必須以學生會成員的身分參與籌備工作，因此參加的競賽跟水斗一樣有限，但也終於輪到我上場了。

『好，在萬眾期盼之下終於來臨了！洛樓特色項目，百變借物賽跑！』

真要說起來，我並不擅長運動，覺得自己在賽跑等單純比較運動能力的競賽上無法做出貢獻。於是我分配到的，就是這個借物賽跑了。

沒想到竟然得自己去抽自己做的題目。

我很清楚不重抽的話題目有多難，此時不由得捏一把冷汗。不可以好強，得先做好重抽的準備才行。

「呼——好緊張喔——」「要是題目很難怎麼辦啊～」

比起其他項目，選手們也顯得心情較為浮躁；我與其他選手一起站上起點。

在遠離操場的位置設置了三張桌子，每張桌子上都依照賽跑選手的人數，放了抽籤拿題目的箱子。

首先選手必須跑向離起點最近的桌子，從其中一個箱子抽出題目。只有決定重抽的時候才需要跑向其他桌子。這麼一來題目難度就會降低，但相對地也就更花時間。

第一個題目雖然難，但也不到無法過關的地步——拜託，千萬不要讓我抽中「你覺得可愛or帥氣的人」之類的題目！明日葉院同學明明說過要是被裁判認定不合格，被借來的人就太可憐了，我怎麼還是把它放進去了啦！

『各就位——』

我一邊向老天爺祈禱，一邊站上起點。

這時，我竟然忘了。

忘了我向老天爺祈禱，從來沒有得到過什麼好結果。

『預備——開始！』

包括我在內，所有選手一齊跑向第一個抽籤箱。

跟我一樣，出場的似乎都是對運動不太有自信的人，因此我並未在一開始落後。

但是，接下來才是問題所在。我第三個跑到桌子，憑直覺選了一個沒人的抽籤箱，把手塞進箱子上方的洞。

『好，抵達第一個抽籤區了！究竟會抽到什麼樣的題目呢！』

我翻動箱子裡的紙條時，先從箱子裡抽出紙條的兩名選手各自看過紙上寫的內容，都發出了慘叫。

「這什麼鬼啦——！」「咦！嗚哇……咦！真的假的！」

就在我覺得那彷彿暗示了我的未來而開始害怕時，一張紙勾到了我的手指。

算了管他的，就是你了！拜託多幫忙……！

我心一橫抽出紙條，膽顫心驚地打開來看。

「……咦……？」

一瞬間，我大感困惑。

明明這些題目內容都是我決定的。

因為——我不記得有看過這個題目。

我，還有明日葉院同學，應該都沒放這種題目——

——抽到就知道了。

「啊。」

難道是……紅會長放進去的，那個？

沒想到真的被我抽中——裡面明明有幾十張紙籤，難道會長能夠預測未來…？

注視著會長設計的題目，我想了一下。其間，其他選手繼續陸陸續續地抽題目……

「重抽重抽！」「什麼難度啊！」

然後一邊這麼喊著，一邊跑向第二個抽籤箱。

不管怎麼想，我都只想得到一個人，符合這個題目的要求。

可是，那樣的話，就幾乎等於是——

——只是，我覺得，偶爾也要用言語與行動明確表達感情，才能讓對方明白……

「……她說得對。」

偶爾，也該用行動來表達。

再說，如果是這種方式——那傢伙，一定也逃不掉。

我握緊題目紙條，跑向與其他選手不同的方向。

『哦哦——！一年七班，伊理戶選手！不去重抽！要一決勝負了——！』

熱血沸騰的實況轉播彷彿推了我背後一把，我向前奔跑。

奔向位於操場旁邊的網球場。

可是。

「……奇怪？」

川波同學告訴我的網球場角落。

我在那裡，並未看到水斗或東頭同學的蹤影。

伊理戶水斗◆回絕告白的責任

「漫畫咖啡店的時候也是……我們好常遇見那種的喔。」

伊佐奈一邊坐到破舊的長椅上，「欸嘿嘿。」一邊發出鬆弛的笑聲。

我也在她身邊一屁股坐下，說：

「漫畫咖啡店那次能說是遇見嗎……總之一句話，真是世風日下。」

「沒什麼不好吧？反正少子化問題很嚴重。」

「捨棄文明回歸野性稱不上是少子化對策啦。」

真的，簡直跟動物一樣……回想起自己的國中時期，也不是沒有值得自我反省的地方，更加劇了我的厭惡感。當時的我們看起來大概也就像那樣吧……

「該怎麼說呢……真是大開眼界呢。」

伊佐奈一邊靦腆地嘿嘿笑著，一邊在嘴巴前面併攏雙手指尖。

「什麼大開眼界？」

「只是覺得，原來真的有那種事啊——……不是只存在於色情影片或漫畫裡啊——……雖然想也知道是這樣，但就是有這種感覺。」

「……啊——」

好吧，我也不是不能理解。

親眼目睹念同一所學校，跟自己年紀差不多的同學，竟然真的有在做那種事……會讓整件事情的真實感急速上升。

也許比我國中時期裝大人，跑去買避孕用品的時候，感覺起來更露骨。

「……我也可以……做那種事情呢……」

伊佐奈低垂著臉，輕聲低喃了一句。

一瞬間，我本來想假裝沒聽見，但最後——我謹慎地斟酌字句——還是開口了。

「這個嘛……從功能上來說，當然可以了。」

「總覺得……有點……無法想像呢。假如有在交往……會不會更有真實感？」

我無法反問她「幹嘛來問我」。她那句「假如」，是以誰作為假設對象——之所以講法聽不出半點其他可能性，一定是因為，她真的完全沒想過半點其他的可能性。

恐怕，不是我在自戀……

她已經把人生當中唯一的一次戀愛，在我身上用掉了。

她不是那種能一再不嫌麻煩談戀愛的人。不，或許應該說她不認為有必要。在這點上我跟她完全一樣，所以很能體會。

作為朋友，如果可以，我在心態上，確實很想實現她的心願。

無奈，我也已經把我那唯一的一次，用在了某人身上……所以我們，才會是朋友。

「誰知道呢？」

我如此回答。

「要是真的那樣，我覺得妳好像會步步進逼，但到了緊要關頭又會怕得要命。」

「真沒禮貌！……不過我也無法回嘴。」

伊佐奈噘起下唇，在長椅上抱住雙膝。就像她平常在圖書室的那種坐姿。

然後，她把嘴巴埋在雙膝後面，模模糊糊地低喃：

「……我也沒辦法呀。就算說已經決定看開了……還是沒辦法不感興趣嘛。」

只有這件事，即使是我也無法給出任何看法。

伊佐奈繼續把嘴巴埋在雙膝裡，側眼看著我說：

「假如我說——其實我還在尋找機會，你會生氣嗎？」

「……比方說呢？」

「例如長大之後，一起喝酒的時候。」

「超乎想像的真實，挺噁心的。」

我稍微開句玩笑後，調離視線回答：

「妳心裡在想什麼，都與我無關。」

「……是嗎？」

「妳沒有做錯任何事。所以……甩了妳的責任，由我來承擔。」

我不講得模稜兩可。我認為，這也是該負的責任之一。

妳什麼都不用放在心上。因為我們選擇繼續做朋友，完全是出於我個人的需求。

「……唉～～～」

伊佐奈忽然大嘆一口氣，整張臉埋進了抱住的雙膝間。

「好想做色色的事喔～～～！好想被水斗同學蹂躪喔～～～！」

「喂！妳太大聲了！」

「不是說心裡想什麼是我的自由嗎？」

「講出口就不是個人自由了吧，照常理來想！」

「欸嘿嘿。」

伊佐奈抬起臉靦腆地笑，把屁股挪過來與我縮短距離。

「我有點放心了。」

「……什麼事情放心？」

「甩了我的責任，由水斗同學來承擔對吧？既然這樣，我就不用特別顧慮什麼……水斗同學會徹底守住不能跨越的界線，是這個意思吧？」

「哎……是這樣沒錯……」

有種不祥的預感。

「嘻嘻。」伊佐奈露出下流的笑臉，向我逼近過來。

「也就是說……不管我做出多色的事情都無所謂，是這個意思吧……？」

「怎麼會變成──」

「看我的！」

伊佐奈的手臂迅速伸過來，纏住我的脖子。

她就這樣把我當成布偶般抱緊處理。壓在胸口的兩團肉球不用說，無視於個人心態無法抵擋的柔軟觸感，以及人體肌膚的溫度，一口氣包覆我的全身上下。

「來嘛來嘛～♪你可要把持住喔～！否則就會變得不再是普通朋友嘍～？」

「不普通的朋友又是哪招啦！離我遠一點！」

「什麼～？你要逼女生說出口啊？那當然是——」

「夠了夠了夠了！不用說出來沒關係，離我遠一點～……！」

「我偏不要——！我才不要顧慮你的心情呢——！」

動不動就得寸進尺！跟什麼甩人的責任無關了，我得好好把這傢伙給——

「——東頭同學。」

從別處飛來的聲音，使我與伊佐奈，渾身都像是結冰般變得僵硬。

連拉開緊貼的身體都做不到，我們就像生鏽的機器，動作笨拙地轉向聲音的來源。

結女她……

氣喘吁吁的結女——一步一步，往我們所在的長椅走來。

那表情十分嚴肅，看起來也有點像在生氣……

她在我們眼前停下腳步後，伊佐奈就像要跟猛獸保持距離般，慢慢從我的身上離開。

「結、結、結、結女同學……這、這是那個，只、只是朋友間，鬧、鬧著玩——」

「東頭同學。」

被她再度叫到名字，伊佐奈抖了一下之後當場僵住，閉上了嘴。

「呼——……」結女調整一下呼吸。仔細一看，她的頭部側邊微冒汗珠。

然後結女重新開口：

「現在……正在比借物賽跑。」

「咦？」

沒理會困惑的伊佐奈，結女伸出了手來。

抓住我的手腕。

「所以——」

她緊緊抓住我，定睛盯住伊佐奈的眼睛，說：

「——可以把水斗，稍微**還**給我一下嗎？」

結女說了。

對於那個字眼明確的突兀感，伊佐奈連眨了好幾下眼睛。

「咦？借物賽跑的話不是應該說**借**——」

「**還給我**。」

結女重複一遍，這次面露微笑。

「……可以嗎？」

「請、請拿去請拿去——！」

可悲伊佐奈一副小癟三調調，與我拉開了距離。

結女點點頭像是在說「好」，拉著我的手腕讓我站起來。

然後，她這才轉為面對我，說了：

「事情就是這樣，要麻煩你嘍。」

「……一般來說，不是應該徵求我的許可嗎？」

「反正你一定不願意，我就硬是把你帶去吧。」

這麼霸道！

沒理會被帶走的我，像個小癟三似的被擊敗的伊佐奈，獨自愣愣地注視天空。

「我……被警告了……欸嘿嘿……」

「……她在感動什麼？」

「……不知道。」

我沒辦法負那麼多責任。

伊理戶水斗◆妳眼中的我

被結女拉著手，我往操場前進。

——妳抽到什麼題目？

聽我這麼問，結女稍作思考後說了：

——是除了你以外，我想不到其他人選的題目。

想不到我以外的人選。除了我以外沒人符合。

家人？因為體育祭不會有監護人來參觀。

兄弟姊妹？找遍全世界也只有我一個人。

或者是——

我產生了自私的想法。假設了一個什麼都不用做就能如我所願，心想事成的現實。

那樣好嗎？

我不認為絕無可能。要徵兆的話多得是。只要我想誤會，多得是機會讓我想歪。

即使如此，我的思考仍然踩了剎車。

真的好嗎？

這麼容易——就得到解決。

唉，到了這一刻我才痛切體會到。我們的這種關係，是多麼地麻煩啊。

——說不定是，喜歡的人。

這麼簡單的一句話，已不足以表達我們的關係。

我問妳，結女。

妳現在，是用什麼樣的眼光在看我？

『——來了！一年七班，伊理戶選手回來了！男生！她帶著一名男生！』

視線與歡呼集中於一身，讓我感覺無處容身。

但是，結女的力道強到彷彿能擺脫這一切，拉著我的手衝過操場。

『好，抵達終點！只要判決結果通過就是第一名！伊理戶選手抽到的題目究竟是？』

一個熟悉的人物，在終點等著我們。

正是個頭嬌小卻散發出獨特存在感的學生會長——紅鈴理。

她臉上漾著悠然微笑，先看看上氣不接下氣地跑來的結女，然後看看被她帶來的我。

「請出示題目。」

結女不發一言，把手裡的紙條交給她伸出的手。

紅學姊打開那張紙，過目之後——發出別具深意的嗤嗤笑聲。

「有打算要誠實表達心意了？」

結女像是害臊般地笑了。

「是。總之今天有這個打算。」

一聽到這個回答，紅學姊轉向廣播席，雙手比出一個大圈。

『過關！判決似乎是過關！』

紅學姊把題目紙條還回來後，結女轉向我說：

「我們走吧。」

結果，我還是不知道自己被當成什麼樣的人選帶過來，就被帶到了廣播席。可能原本就是這樣安排的，結女將題目紙條交給廣播社的播報員。廣播社社員一手拿著麥克風打開紙張，立刻嘖嘖稱奇地說：「哦哦！原來如此……」看著我的臉笑了笑。

『現在公布題目！一年七班，伊理戶選手抽到的題目是——』

些微緊張感籠罩我的全身，緊接著，我的真面目被人用麥克風，清晰響亮地公諸於世：

『——「想一起抵達終點的人」！』

『哦哦……！』從觀賽的學生人群當中，傳出這陣喧嘩。

想一起……抵達終點？

而那個人選，是我？……為什麼？

『伊理戶選手！可以請教妳選擇這位同學的理由嗎！妳帶來的是……就我推測，應該是與妳同班的伊理戶水斗同學！記得兩位應該是兄弟姊妹吧！』

這個廣播社社員怎麼知道這麼多啊？

聽到社員簡直有如媒體記者採訪演藝人員般的口吻，我感覺得到學生們的興趣都轉向了結女。想一起抵達終點——這個題目的解釋空間太大了。如果是同性，誰都會自然解釋成「因為是很要好的朋友」。但如果是異性，就難免會產生一些揣測。這傢伙是明知故犯——

『這個嘛……』

結女面對朝向自己的麥克風毫不退縮，堂而皇之地回答了。

『因為我戀弟。』

答案就這麼簡單。

既不做掩飾也毫無遲疑——這樣一個誠實的答案，讓各處傳出混雜著笑聲的喧噪。

拿麥克風請她發言的廣播社社員，也忍不住「噗哈！」一聲噴笑出來，說：

『原來是這樣！那就可以接受了！恭喜伊理戶結女同學榮獲第一名——！』

被一陣熱烈掌聲送走，結女帶著我回到選手的休息區。

對於那些一無所知的傢伙來說，這個回答大概只是個幽默的小玩笑。

但是——對我來說……

這個回答卻坦率過頭，甚而讓我不禁想撲向那個美好的假設——

「我說——」

「偶爾……」

正要對她說話的瞬間，結女轉過頭來了。

「我也是會說出心底話的唷？」

像是不讓我走，緊緊握住我的手腕……

像是某種懇求，定睛凝視我的瞳孔……

結女說道：

「所以……你如果逃開，我會有點傷心。」

……逃開？我嗎？

被她這麼說，我很快就想到了原因。

想到她在我把伊佐奈的胸罩藏在懷裡時找我說話，我急忙逃走的那件事。

「……啊——」

所以……我可以認為，我那樣做，讓她很介意？

「……知道了啦……」

看在她這麼老實的份上，我也還算老實地回答，

「免得妳又像今天這樣跑來抓我，那樣我可吃不消。」

但是隨後，又說出了平常那種惹人厭的話來。

唉，不行——對我來說，還是太難了。

本以為結女聽了會不高興，但她反倒開心地讓嘴唇綻放微笑。

「那我就更需要去抓住你了。」

「故意整人嗎？」

「要是放著你不管，你說不定會去對東頭同學做色色的事。」

「那是她在對我上下其手好嗎！」

結女輕聲笑著。

這下我明白，妳是用什麼方式在看我了。

借物賽跑的歡呼聲，在遼闊無際的秋日天邊響起。

此時我們都還不知道，終點究竟位在何方。

伊理戶結女◆虛榮的樓閣

『洛樓高中體育祭，所有賽程到此結束——』

體育祭順利結束，收拾工作也大致告一段落，我總算放鬆了肩膀的力道。

加入學生會後第一次籌備一場活動……雖然一如想像中地辛苦，但比起國中時期，我覺得生活變得充實多了。本身不擅長主動參與活動的我，像這樣從事幕後工作反而能夠積極參與活動，或許更有意思。

「結女同學、蘭同學。剩下的小生來就好，妳們可以回去了。」

「不，學姊！我要留到最後——」

「明日葉院同學。」

我語氣柔和地，阻止正要發揮認真性情的明日葉院同學。

「這次就接受會長的好意吧。妳應該也累了吧？」

「她說得對。給學長姊一點表現機會吧。」

看似心有不滿的明日葉院同學聽到尊敬有加的紅會長這麼說，「……是。」也退讓了。

明日葉院同學的幹勁確實讓人驚嘆，無奈體力跟不上幹勁。我與會長都早已發現，她常常趁別人不容易注意到時頻繁嘆氣。她這樣嬌小的體格如果硬撐，必將付出相當大的代價。

「那麼，會長辛苦了。」

「……辛苦了。」

「嗯，辛苦了。」

……還有。

我不動聲色地，看了看默默陪在會長身邊的羽場學長。

會長連每場競賽的空檔時間都閒不下來，一直忙著對體育委員的同學們做出指示……一定是希望至少在最後，可以留下只屬於兩人的回憶吧。

要是過度壓抑欲望，弄到像上次那樣在有別人的地方失控也很傷腦筋。

拖著明日葉院同學，我前往學生會室。首先得去把待在外面一整天，弄得滿是沙塵的運動服換掉才行。

「體育祭過得怎麼樣？」

作為閒聊的話題，我向走在身邊的明日葉院同學問道。

明日葉院同學用一如既往的拘謹語氣說：

「這個嘛……能夠就近觀摩紅學姊的工作能力，我感到獲益良多。」

「……這不是對體育祭的感想，是對會長的感想吧？」

「很開心啊。看來比起參加競賽，擔任籌備人員更適合我的個性。」

「呵呵，我懂。」

「……畢竟我手腳這麼短，在運動上表現也有限。況且我還有個多餘的包袱……」

明日葉院同學一邊說，一邊托起與體格不協調、富有彈力的堅挺胸部。

曉月同學聽到可能會氣炸——但我也覺得……

「實際上，應該是真的很辛苦……就好像多掛了兩個重物嘛。」

「妳應該也不是事不關己吧？妳看起來也不小。」

「是嗎？」

「我想應該比平均數值要大。」

「啊——似乎是這樣。我有個很豐滿的朋友，所以讓我感覺有點麻痺……還有亞霜學姊好像也比我大一點。」

「咦？」

「咦？怎麼了？」

往旁一看，明日葉院同學的神情像是沒想到我會這麼說。奇怪？我有說錯什麼嗎？

明日葉院同學停頓數秒，像是用來思考，然後說：

「不……沒什麼。」

「這樣我很在意耶。」

「妳沒發現的話就算了……」

咦？發現什麼？講清楚一點嘛！

「別說這個了，期中考就快到了喔。」

「不是，不要改變話題好嗎？妳說我沒發現什麼？」

「妳可別拿學生會工作很忙當藉口，考出不像話的成績喔。這樣會讓我失去鬥志的。」

「竟然不理我！這樣我會害怕耶！」

講著講著，就走到學生會室了。明日葉院同學迅速伸手開門，說：

「有閒工夫在意無聊的事情的話，還不如——啊。」

「啊。」

門一打開的瞬間，她張著嘴僵住了。

一探頭往室內看的瞬間，我也僵住了。

「啊。」

房間裡的亞霜學姊，轉頭看著我們也僵住了。

沒錯，就是亞霜學姊。

在學生會室裡，亞霜學姊——正在脫掉學生運動服。

她穿著上下同色的淡粉紅內衣褲。看桌上擺著脫掉的運動內衣，以及她擺出把手繞到背後準備扣上胸罩背扣的姿勢，可以得知她正要把運動用的內衣換成平時的款式。

問題不在內衣款式。

而是現在正要穿上胸罩的——胸部。

好小。

平時隔著衣服都顯得十分豐滿的，亞霜學姊的山脈——此時被胸罩包覆，看在我的眼裡，卻只像是平緩的丘陵。

B——恐怕都不到。要聚攏托高才勉強搆到，就是這樣的尺寸。

而最關鍵的證據，是……

胸罩罩杯的內側，重疊了好幾片的，三角形的——

「…………胸墊…………」

亞霜學姊的臉色逐漸發青。一不小心，替胸部尺寸灌水的一片胸墊掉出了胸罩外。

墊得……還真高啊……

如果只是一片並不稀奇，但像那樣墊那麼多片……墊到Ａ罩杯看起來像Ｅ罩杯……

看到她那無法以一般道理說明的灌水程度、那個高高堆起的虛榮樓閣，我受到的衝擊太大，竟驚得呆住了好一段時間。

只是要論震驚的程度，亞霜學姊大概比我強吧。

看，她都含淚說不出話來了。

「……唉。」

明日葉院同學嘆一口氣，一步一步地走到當場結凍的亞霜學姊面前。

「至今都沒被發現已經是奇蹟了，學姊妳不用放在心上啦。」

聽到身高估計一百四十七公分、胸圍估計Ｅ～Ｆ罩杯的明日葉院同學這樣出言安慰，亞霜學姊低著頭，開始陣陣發抖。

「…………麼。」

「什麼？」

亞霜學姊的手，一聲不發地抓住了明日葉院同學的運動服衣襬。

「妳……懂什麼——！」

「呀啊啊啊！」

一拉！運動外套連同裡面的運動服一起被掀起來，明日葉院同學尖叫出聲。

「給我這樣波濤洶湧地搖來搖去——！我也希望我搖得動好嗎！再搖也只會移位啦，只會讓胸墊跑掉啦！」

「快住……好、好痛，妳弄痛我了！不要搖它……！」

「學、學姊！冷靜下來冷靜下來！」

這下我終於弄懂了。

難怪她會跟曉月同學那樣氣味相投。

伊理戶結女◆同樣的世界

「嗚，嗚……我辦不到啦，一旦開始灌水……就回不去了……我相信總有一天能弄假成真，只能一直相信……卻只有胸墊越加越多……嗚嗚——！」

事跡敗露受到的打擊讓亞霜學姊情緒失控，把明日葉院同學當成布偶緊緊抱住，訴苦了

好長一頓，才終於鎮靜下來。

其實也要怪我不該大驚小怪，但誰會想到有人可以灌水灌成這樣？像現在都已經穿幫了，她胸墊還是照放不誤。

「另外問一下……學姊如果不想回答沒關係。」

「小結子？妳要問什麼……？小結子也好大喔……明明才一年級，為什麼……？」

「不是，那個……這件事，星邊學長知道嗎……？」

「……………………」

亞霜學姊默默地別開了目光。

窩在她腿上的明日葉院同學傻眼地皺起眉頭。

「這麼不自然都看不出來，男人都是白痴嗎？」

「明、明日葉院同學……這樣講的話我也是白痴了……」

「失禮了。可是，竟然連前會長這樣優秀的人士都看不出來，女生與男生看見的世界果然不一樣呢。」

「哎，或許是吧……」

以為心意相通結果根本沒有……類似這樣的狀況不勝枚舉。可是，就像身為同性的我沒發現亞霜學姊的真相，我想也不是只有男女之間才會有這種狀況。

不知道我今天的心情，有沒有正確傳達給水斗……？

「……小結子……妳絕對，不可以說出去喔……」

亞霜學姊不知為何一邊摸摸明日葉院同學的頭，一邊用陰暗的聲調說了。

「絕對，絕對，要保密喔……妳如果說出去……我真的，真的，會怨恨妳喔……」

「學姊妳快點自己去坦白就沒事了——啊嗚！」

「學妹別跟我講話沒大沒小。小心我揉妳胸部喔。」

「根、根本已經在揉了嘛！」

就這樣，加入學生會之後的第一場體育祭，宣告結束了。

「辛苦了——」

我獨自走出學生會室，看到窗外的天空已漸漸染紅。

不久之前分明還是夏天，白晝卻已經漸漸變得短暫。特別是從文化祭那段時期開始就覺得時間過得好快，我都差點追不上了。

與半年前——剛與水斗同住一個屋簷下，覺得每天時間都過得好慢的時期完全相反。

已經適應的日常生活，與前所未有的刺激經驗相互融合，加快了我的時間流動……

即使如此，我可不能過得渾渾噩噩。再過幾天就要進入段考週，然後是期中考。接著再過幾天，又是——

我在鞋櫃區換上樂福鞋，走向校門。

大多數學生應該都已經回家了。只有我一個人走在通往校門的路上。

所以——我立刻就發現了。

發現有個眼熟的男生，佇立在校門的柱子那邊。

「奇怪……？水斗？」

「………………」

我一靠近過去，水斗也跟著離開背靠著的柱子，往我這邊過來。

他已經把運動服換成制服了。果然還是制服比較適合他。

我如此心想，同時對著在我面前停步的水斗說：

「你在這裡做什麼？等東頭同學？」

「……伊佐奈先回去了。」

「咦？」

那為什麼……？

我偏頭不解，水斗則是尷尬地別開目光，略顯猶豫地開口說了：

「……到家以前，都算是體育祭。」

「…………？」

那是在說遠足吧。

面對心裡產生這種不解風情的想法的我，水斗粗聲粗氣地說了：

「妳不是……想跟我，一起抵達終點嗎？」

……啊。

啊……

啊啊啊啊啊啊～～～

——這個繼弟是怎樣？會不會太可愛了點？

他是單純尊重我的要求，還是想捉弄我？或者是覺得我在學生會努力做事，以這種方式慰勞我？

我沒有那麼自戀，會以為講這點甜蜜話就追到他了。

但是儘管只有些許，儘管只有部分……我的心意，確實傳達給他了。

我們，確實是待在同一個世界裡。

「……幹嘛啊？不講話在那裡偷笑。很噁耶。」

「嗯～？沒有啊，你知道的嘛？」

我稍微彎腰，由下往上湊過去看水斗的臉。

趁現在扮小惡魔，絕對沒問題。

「只是覺得，你其實也滿戀妹的呢～……是不是？」

「妳說啥？」

「那我今天就當一下你的妹妹好了，怎麼樣啊哥哥？」

「夠了妳。肉麻死了。」

「哥～哥♪」

「就跟妳說夠了！」

水斗不耐煩地說道，但沒有逃開。

他配合我的步調，一起穿過校門。

那裡，還沒有拉起終點線的布條。

就算回到家裡，就算今天結束，也都沒有任何地方會拉起那個布條。

即使如此，我還是想跟你一起抵達終點。

不是跟別人，就是要跟你一起衝過那個不知位在何處的終點。

♥一定是因為有你守護

伊理戶結女◆以自尊還自尊

「從明天開始，學生會的活動暫停一週。」

十月下旬，距離第二學期期中考只剩一星期的今天，紅鈴理學生會長如此宣布。

「請大家各自用功讀書，留下不負學生會之名的結果。順便一提，這間學生會室只要向顧問申請即可作為自習室使用。算是學生會成員的小小特權。」

坐在學生會室角落的顧問荒草老師懶懶地說：「別整天往這裡跑，我嫌麻煩。」荒草老師除非真有必要，否則幾乎不到學生會室露臉。照他的說法似乎是：「顧問沒有薪水可以領，我懶得做。」但是嘴上這麼說……

「Hey, Alexa！我午休可以再過來嗎——？」

「找得到我的話。還有，我叫荒草（Arakusa）。」

就像這樣，學生（特別是亞霜學姊）跟他之間從來沒有距離。也許是身處這所校規嚴格

的明星學校，卻只肯拿多少薪水做多少事、有話直說的態度受到學生歡迎吧。

「……唔呼♪既、然、這、樣～……♪」

得到荒草老師口頭答應，亞霜學姊今天照常走到坐在會客沙發組上滑手機的星邊學長那邊，二話不說就在他身旁坐下。

「學～長？我想再請你教我準備考試——♪」

被亞霜學姊肩膀貼肩膀地蹭過來，星邊學長瞥了她一眼之後說：

「啊——？上次不是教過方法了嗎？照用就行了。」

學長收起原本在看的手機，把書包掛到肩膀上說：

「那我走啦。考試加油啊——」

說完，就逕自離開學生會室了。

剩下亞霜學姊一個人被留在沙發上，維持著依偎空氣的姿勢……

「……你有點邪念會死啊！」

對著星邊學長高大個頭消失的房門，吼出來自靈魂的吶喊。

這樣都還不氣餒，師父真是不失師父本色。

明日葉院同學傻眼地嘆氣，紅會長則是輕快地把手放到亞霜師父的肩膀上。

「小生來教妳念書怎麼樣，愛沙？」

亞霜學姊表情氣鼓鼓地轉頭看她。

「不要。鈴理理腦袋太好，我都聽不懂妳在說什麼。」

「但小生上次教妳的時候，妳不是平均進步了足足十五分嗎？」

「我就跟妳說清楚了！我討厭妳的態度所以不要！」

會長苦笑著聳了聳肩。都說真正聰明的人也很會教別人嘛。我也請會長教我一點好了。

正在思考的時候，我發現明日葉院同學坐立不安，頻頻偷瞧紅會長。

我看了覺得可愛，就說：

「明日葉院同學，想請會長教妳的話就拜託看看吧。」

「咦！……不、不了，要靠自己努力才有意義。」

紅會長轉過頭來說：

「但小生覺得敢於提問也是實力之一喔。看，像愛沙就是光靠這項能力在過日子。」

「妳說誰是除了寄生什麼都不會的大王花女啊！」

「平常人家都是這樣說妳的嗎？」

即使如此，明日葉院同學一雙大眼睛依然四處飄移，猶豫不決。不過，她的眼神漸漸恢復穩定，最後堅決地閉上眼睛，然後再睜開。

「……不了。我還是自己念吧。」

繼而，她目光炯炯地直視坐在對面的我。

「然後這次……！伊理戶同學——我一定會超越妳。」

她的眼眸中，有著認真的鬥志光輝。是一種絕不能輸，只有這件事絕不讓步，充滿了這種熱情的眼眸。

過去的我，一定也用這種眼神看過水斗。

換成平常的我，會拿一些四平八穩的回答輕輕帶過。但是，這次是明日葉院同學賭上自尊的戰鬥。想到這點，我認為我不該隨口答覆。

所以，這是我第一次，正面迎向她的鬥志。

「嗯。我樂於接受妳的挑戰。」

伊理戶結女◆遠端讀書會

話雖如此，其實我有著一大優勢。

這個優勢就是——競爭年級榜首的對手，跟我住在同一個屋簷下。

以往我們總是爭強好勝，各自念自己的書。除了教東頭同學還有川波同學念書的那次，我們從來不曾一起念書。

　但是，現在不同了！

　我還記得。記得我們還在交往時，兩人一起進行的讀書會——那段甜蜜的時光。記得我們能夠拿湊近看課本或筆記當藉口，讓肩膀相碰或是把手放在膝蓋上，享受身體輕微接觸的樂趣，那段美好的時光！

　當然，成績退步了。

　但是，我已經不是當時的我了。我沒像當時那樣腦袋嚴重燒壞，也懂得如何自制。現在重來的話！應該能夠一面有效率地集結競爭年級榜首的智慧，又一面適度地耍甜蜜！

　——我本來是這麼以為的。

『嗨——有我的畫面嗎？』

『有。你這髮型是怎麼回事？』

『嗚哇，都塌掉了耶。像古早年代的小太保一樣老土。』

『要妳管！我剛洗完澡啦！當然會塌掉好嗎！』

　四張臉擠在手機的小螢幕裡。有曉月同學、川波同學、東頭同學，然後是水斗——那張熟悉的酷臉，變得像吃冰淇淋的湯匙一樣小，在分成四塊的其中一個畫面上移動。

　為什麼？

分明待在同一個家裡，為何要用遠端？

不，其實我也明白。家裡有媽媽他們在，我們說好晚上盡量不去對方的房間。再說，既然東頭同學、曉月同學還有川波同學說要參加，我就不可能跟水斗耍什麼甜蜜。

可是！他明明就在隔壁房間！為什麼，得用這麼小的畫面！

我第一次這麼想要個人或是平板電腦。

我一面忍著不嘆氣，一面對分割成四塊的畫面說：

「大家都沒問題吧？……奇怪？曉月同學？」

平常吱吱喳喳的曉月同學，不知為何一直很安靜。正在覺得奇怪，就看到畫面上的曉月同學，嘴巴一張一合地在說些什麼。

「曉月同學——妳那邊沒聲音！」

披散著頭髮，像是完全進入居家模式的曉月同學，愁眉不展地偏著頭。然後，她突然把手伸到畫面這邊來，緊接著，那個畫面開始猛搖亂晃一通。

『喂，不要搖不要搖！妳是昭和年間的老太婆啊！……真是，拿她沒辦法。抱歉，等我一下。我去一下她那邊。』

川波同學如此說完，就關掉了畫面。畫面變成三塊，三人的臉稍微變大一點。

『記得他們就住隔壁？這麼晚了都能說去女生家裡就去，真是盡展痞子男的本領啊。』

『感覺一定整天神經緊繃，真令我同情。』

「……你這話是什麼意思？就住我隔壁房間的水斗同學。」

『很多種意思。』

嗯嗚～……！我比你更神經緊繃好不好！

……咦，等等喔？我如果現在假裝機器故障，水斗不就也得到我房間來了嗎……

麥克風靜音的按鈕吸引了我的視線。這個……只要按下這個……！

就在手指即將碰到不該碰的按鈕時，川波同學從旁跑進了曉月同學的畫面。他湊上前來看畫面，伸手過來說：

『……不是，妳這根本只是麥克風按到靜音嘛。』

『啊，真的耶。』

『太廢了吧——這麼基本的小錯，立刻就該發現吧。害我把整套課本筆記都帶來了。』

『是是是，都是小的不好——！嫌麻煩的話你就留下來念書啊，反正還有空間嘛。我說地板。』

『這張桌子明明就還多得是空間好不好！』

曉月同學「喝」一聲把川波同學踢出鏡頭外，重新湊向畫面說：

『對不起喔——驚擾到各位了！』

『結果，南同學還是跟痞子男在一起呢……我打從心底請求二位，不要把我們忘了就直接開始辦事喔。』

『嗯——？辦什麼事呀？』

『那當然是愛——』

『什、麼、事？』

『……對、對不起我錯了……』

曉月同學施加的壓力，逼得東頭同學的黃腔投降了……實在不敢說我原本也偷偷擔過同樣的心……

『別說這個了，結女！今天妳戴眼鏡呀！』

「咦？啊，嗯……平常是戴隱形眼鏡，但在家裡念書的時候就戴這個。」

『好可愛喔——！就像進入居家模式！』

「曉月同學也是，放下頭髮也很適合妳唷。感覺很清純。」

『啊哈哈！謝謝！』

我們互相稱讚時，水斗在旁邊打了個呵欠。

『說到這個，水斗同學也是戴眼鏡呢。』

東頭同學這麼說。她說得沒錯，畫面中的水斗戴著眼鏡。

水斗打完呵欠閉起嘴巴，說：

『是濾藍光眼鏡啦。用電腦時都會戴。』

『呼欸～……好適合你喔。可以螢幕截圖嗎？』

『不可以。』

『為什麼啊！很帥很可愛的說！』

『總覺得很噁。』

這時，我感覺水斗的視線似乎動了一下下。雖然沒跟我四目交接，但說不定是看了我在畫面上的臉。

很、很噁……？對啦，我以前讓你戴眼鏡又狂拍照片，連我自己都覺得很噁！但我也沒辦法啊！誰教你要長得這麼帥！（很噁）

「……還是別再聊天了，差不多該開始念書了吧。」

我如此說道，不再去正視過去那個噁爛的自己。

「累了的話隨時都可以退出喔。就用互相小監視的方式來念吧。」

『ＯＫ！啊，對了。麻希還有奈須華說她們可能也會中途參加喔。所以川波，你不要進到畫面裡來！』

『啊？為什麼啊？』

『我還沒跟她們倆說你住我隔壁啦！你很遲鈍耶！』

『跟妳說很痛了！不要踢！』

川波同學從畫面外抱怨，至於東頭同學則是一臉煩膩。

『唉～……隔著畫面看別人打情罵俏，真讓我這個單身族備感淒涼……』

真的。我要是可以也想跟水斗同一個房間啊，就只有曉月同學可以，不公平！

『水斗同學，我下次可以去你家過夜嗎？』

『不可以。』

『嗚嗚——！為什麼這個也不可以——！』

『感覺妳好像想伺機下手，很噁。』

『理由變得比剛才更詳細了……』

隱藏在東頭同學的背後，我沉默了。對不起我不該想伺機下手。

伊理戶水斗◆飽經歷練讓他成長茁壯

『呼喵……』

在電腦分割成五塊的其中一個畫面，伊佐奈打瞌睡打到點頭如搗蒜。

我注意到她的狀態，從數學課本抬起頭來說：

「伊佐奈。」

『呼啊……？我沒有睡……哈呼——』

「想睡就去睡沒關係。勉強念書也沒有用，記不住的。」

『嗯扭扭……』

連回答我的話都是意味不明的叫聲。看來是真的到極限了。

『唔呵——好溫柔喔——♪』

結女一個中途加入的朋友……呃——對了，坂水麻希打岔取笑。我還沒忘記她是誰。

看起來開朗活潑的短髮女生，一手支著臉頰邊轉自動鉛筆邊說：

『伊理戶弟弟啊——平常老是一副高傲的樣子，還以為個性應該更冷淡的說——沒想到有些時候還滿溫柔的嘛——特別是對東頭同學♪』

「是她太弱小了，讓我忍不住有點保護過度。還有我不是弟弟。」

『聽說你跟伊理妹同一天生日？真是好巧啊。』

這個說話悠哉悠哉，『啊呼』一聲打了個小呵欠的鮑伯頭女生是……呃——金井……

啊，想起來了想起來了，是金井奈須華。我還記得我還記得。

她睡眼惺忪地用手指揉揉那形狀原本就夠像是昏昏欲睡的眼睛，說：

『不行了呀～……小妹我可能也撐不住了。或許該去睡覺了。』

『咦——？那我今天也念到這裡好了。反正還有一個禮拜嘛！』

坂水『嗯——！』一聲伸個懶腰。結女苦笑著說：

『說著說著時間就沒有了喔。明天再集合吧。』

『好啦好啦——了解——』

這段對話結束後，坂水與金井的畫面就消失了。

至於伊佐奈，早就在鏡頭前趴倒在書桌上了。

「伊佐奈，不要在那裡睡覺。到床上去睡。」

『嗷～』

『東頭同學——？……不行，她沒聽見。』

真是，拿她沒辦法。我暫且把麥克風調成靜音，然後拿起手機打給伊佐奈的手機。

在畫面上，伊佐奈半自動地把手伸向旁邊，拿起手機放到耳邊。

『係……哩好……』

「（——不乖乖到床上睡覺，我對妳做什麼妳都別抱怨喔。）」

『哈噫！』

我一壓低聲音呢喃的瞬間，伊佐奈劇烈抖動了一下抬起臉來。

「（乖孩子。妳現在把畫面關掉，上床去睡覺。）」

『好、好的……我、我機道了……』

伊佐奈就這樣迷迷糊糊地回答，畫面消失了。

然後，我透過手機對她說：

「（晚安。）」

『哈嗚啊——』

噗滋。通話結束。

「搞定。」

『你跟她講了什麼啊……』

結女眼神半畏懼半傻眼地說。沒有啊，我只是叫她去睡覺而已。

南同學把下巴擱在兩隻手上，半睜著眼看我。

『伊理戶同學，你是不是變得越來越會哄騙女生了？就因為東頭同學太好騙了。』

「這招只對那傢伙有用，我有自知之明。但是，想要控制那傢伙基本上沒人能預測的行動，也只有這點方法了。」

還有就是這樣好像能讓她開心。

『不准給那女的嘗到甜頭，伊理戶！』

在坂水與金井面前躲著不說話的川波，從南同學的旁邊倏地冒了出來。

『那傢伙會越來越得寸進尺！然後過不了多久就會明明沒在交往卻擺出女友嘴臉！』

「這個的話我覺得已經擺過很多次了——但沒關係啦。伊佐奈不是那種不懂得分辨玩笑與真心話的傢伙。別人誤會沒關係，我們自己明白就好。」

『真的是這樣嗎……』

伴隨著語氣帶點憂鬱的低喃，南同學用力把川波的臉推了回去。

『結女妳覺得呢？他跟東頭同學變成朋友後，有沒有覺得他有哪裡不同？』

『咦？……嗯——……很難說耶。好像也沒有變多少……』

『咦——？也就是說他從一開始就像現在這麼會玩弄女生？』

結女眼光閃爍了一下，大概是看了我在畫面上的臉，說：

『……或許吧。』

聽妳講得好像深知內情似的。

國中那時候，我可沒有蓄意玩弄妳的感情。是妳自己在一頭熱。

……要不然，我現在也不會這樣想東想西，成天煩惱了。

『哦？那就說來聽聽嘛，伊理戶同學！他到底有過什麼樣的玩弄女生的橋段——』

『好了好了！今天就此解散！我想去洗澡了！那就這樣嘍！』

『啊，她逃走了。』

結女的畫面消失了。川波見狀，矛頭轉向我說：

『那麼伊理戶！你應該心裡也有底——』

「那就這樣了。」

『啊，喂——』

我退出通話……那個偷窺狂，不知道有句話叫打草驚蛇嗎？

伊理戶水斗◆所謂喜歡的人，一定就是……

遠端讀書會結束後，我拿著課本走到樓下的客廳。今天準備先看過一遍的部分還沒結束，因此我打算稍事休息之後繼續溫習。

我用快煮壺燒水，拿紅茶包泡了茶。聽說晚上喝茶會失眠，但一方面因為我本身是夜貓子，所以很少為咖啡因所苦。

我坐到沙發上，喝一口熱紅茶，花點時間等大腦重新啟動。然後我再次翻開課本。

後來過了幾分鐘——當我翻了一頁之時，客廳的門打開了。

「啊，你過來了啊。」

是穿睡衣的結女。遠端讀書會時戴的眼鏡已經拿掉，頭髮綁成兩束垂在肩膀前面。

「嗯……」

聽我這麼回答，結女一邊走向廚房一邊說：

「你不去洗澡？」

「晚點再去。」

「嗯。」

我聽著拿杯子倒水的聲音從背後傳來，專心閱讀課本的文章。

沒過多久，就聽見輕輕放下杯子的「咚」一聲。然後，一陣腳步聲慢慢靠近我。

「欸。」

被她呼喚，我才終於抬起臉來。

結女從沙發椅背探身向前，從旁湊過來看我的臉。

「我可以……在這裡，跟你一起念一下書嗎？」

霎時間，種種解釋竄過我的腦海。

頭一個浮現的說法是：她有些關於準備考試的問題要問我。

接著浮現的說法是：她想繼續剛才解散的遠端讀書會。

然後然後，最後的最後浮現的解釋更單純、更簡單、無需理由也沒有必要，純粹只是忠於欲求，想跟我待在一起——

「……我沒差啊。」

大量的思考，最終凝聚成了這四個字。

不得不承認，我只有掩飾自己的心意最在行。

結女像是安心了，嘴角綻放微笑說：

「我去拿課本。」

她用小跑步離開客廳，上了階梯，很快又回來，在我身旁坐下，把課本與文具等在桌上擺好。

就這樣，接續剛才的讀書會。

這次不像剛才那麼熱鬧。我只是看我的課本，結女只是用筆記本解題目。沒有問問題也沒有對話。自動鉛筆的書寫聲、課本的翻頁聲、時鐘指針前進的聲響，唯有這些飄盪於寧靜的客廳。

我有些時候，會偷瞧一眼結女面對筆記本的側臉。

像第一學期期中考那樣，顯得有些氣勢逼人的神情已經不見了。她神情平靜，但態度嚴

謹地面對練習題。

——所謂喜歡的人，一定就是你看了最多側臉的人。

伊佐奈說過的話，閃過腦海。

被她這樣單純地下定義，會害我無從欺瞞地，意識到自己現在的動作代表的意義。我只不過是在看她的側臉，卻覺得好像在做某種令人害羞的事——分明很想調離視線，但一回神發現自己又在看她。

好吧，大概就是那麼一回事了。

儘管令我生氣，儘管並非我心甘情願。

……唉，可惡。就連這種內心的思維都變得這麼好懂，不過是難看的自我欺瞞罷了。

我堅定自我，把目光放回課本上。現在還不到可以為任何事情神魂顛倒的時候。等順利搞定期中考後——一進入十一月，那一刻就會到來。

不久，時鐘的短針指向了十二。再不去洗澡，水就要涼掉了——就在我如此心想，準備闔起課本時，發現結女正在看我。

「……怎麼了？」

「啊，沒有……」

結女一邊頻頻偷瞧我的臉，一邊說：

「只是覺得……你念書的時候與閱讀的時候，都是……同一種表情呢。」

——所謂喜歡的人，一定就是……

不知為何，伊佐奈說過的話又重回腦海。

我想在腦中串聯起那些理由、那些解釋，但隨即作罷。

擔心不假思索地讓事情發展下去，會嘗到苦果。

「……因為都是看書，沒什麼不同。」

於是，我說出了這種枯燥無趣的回答。

然後，我只留下一句「我去洗個澡」就離開客廳。

……我，是不是在害怕？

或許是當然的吧。

畢竟這次，可不容許失敗。

伊理戶結女◆僅此一種的處世方式

每晚舉行的遠端讀書會，帶來的效果比想像中更好。

好就好在遠端這點上。如果真的集合碰面可能只會開始玩鬧而無法專心念書，但透過通話Ａｐｐ能做的事有限，而且最讓人分心的智慧手機被用來進行視訊通話了。這個做法對我來說相當成功。

我們就這樣順利地度過段考週，有一天，我放學後想先自習一下，於是順道繞去學生會室，發現已經有兩個人先到了。

「辛苦了——……」

我輕聲細語地打招呼，但兩位先來的成員沒有回應。

這是當然，因為兩人似乎都睡著了。

兩人一個是星邊學長，今天照常仰躺在會客沙發上，把打開的課本蓋在臉上。

另一個人，對我來說很意外。

明日葉院同學竟趴在會議桌上，打著瞌睡。

我躡手躡腳地走過去，探頭看看明日葉院同學的臉。她把臉頰貼在翻開的筆記本上，面色紅潤地睡得香甜。由於她本身長得五官端正，睡覺時的表情就像小貓一樣可愛。

右手還握著自動鉛筆。看來是自習到一半，不小心睡著了。

她一定很累了吧……自從進入段考週，學生會活動暫停後，我就沒多少機會見到明日葉院同學了。但是，我偶爾會在走廊上與她擦身而過，才不過一瞬間，就看到她臉上滿是明顯的倦容。

也許是把自己逼得太緊了。況且看她對這次的考試鼓足了幹勁——真的，就像是看到以前的我一樣。

我從隔壁的資料室，把星邊學長帶來的毯子拿過來，小心翼翼地披在明日葉院同學的肩膀上。

先讓她睡一下好了。

後來，我保持安靜，屏氣凝神，開始念自己的書。

……大約過了二十分鐘吧。明日葉院同學的肩膀，扭動了一下。

「嗯…………」

明日葉院同學慢慢爬起來，毯子隨之從肩膀上啪沙一聲滑落。她有好一段時間，用迷茫的雙眼往下看著掉在地上的毯子。

「早安。」

我一出聲呼喚，明日葉院同學的眼眸徐徐恢復清醒，然後猛地看向被她當成枕頭的筆記本。

「我，我……！該不會是睡著了吧！」

「嗯。睡得很熟。」

「啊……」

明日葉院同學懊悔地歪扭著娃娃臉，撿起掉在腳邊的毯子。

「這是妳……替我蓋上的……？」

「嗯。看妳好像很累了，想說讓妳睡一下。」

「……謝謝妳。可是……如果可以，我寧可妳把我叫醒。」

明日葉院同學抬頭看時鐘，露出遺憾萬分的神情。

「只睡了短短二十分鐘而已呀。至少從我過來的時候算起的話。」

「對我來說卻是一刻千金。為了超越妳，成為榜首……不管有多少時間，都不夠用。」

我懂她的心情。第一學期期中考的時候，我也鑽牛角尖覺得非得維持年級榜首的成績不可，同樣也覺得時間怎樣都不夠用，心急如焚地壓縮睡眠時間……

可是，我看得跟性命同等重要的地位，其實並沒有我所想的那麼重要。水斗藉由從我手中搶走榜首的方式，讓我明白了這一點……

「明日葉院同學，我想問妳……妳為什麼就這麼想贏過我呢？」

面對彷彿當時那個我的她，我忍不住要這麼問。

我為了守住年級榜首的優等生形象，曾經堅持非拿第一不可。那麼同理來說，明日葉院同學又是為了什麼，以第一名為目標？

「因為我只有這點長處。」

明日葉院同學重新握起自動鉛筆，一邊翻開課本，一邊口氣強硬地回答：

「我……從以前個頭就很小，也很不會跟人起爭執。所以那些男生取笑我的名字是『淫亂』的時候，我也沒辦法罵回去……所以，我只能念書。為了給那些傢伙一點顏色瞧瞧，只能用功念書……」

說話的同時，明日葉院同學仍然沒有停止溫習功課。好像這樣做是理所當然。

「即使用功沒白費拿了一百分，那些男生還是只會稱讚跑得快或是很會打電動的人，說我是書呆子。我至今仍然記得，當時那種懊惱不甘心的心情。」

「所以，妳就一直用功念書到現在？為了對那些人還以顏色？」

「……不……我自己，也不太明白。」

「不過，」明日葉院同學小聲接著說了。

「我……沒有氣餒。我覺得自己只有這點長處，就不斷地拿一百分。」

「……妳為什麼能這麼努力呢？妳希望能對妳刮目相看的那些人都不理妳，妳為什麼還能……」

「不——我想起來了，只有一次。」

儘管語氣經過壓抑，聲音聽起來仍然堅定有力。

「在我不知道第幾次考一百分的時候……有個男生……好像，說過一句話。」

「什麼話？」

「我記不清楚了……應該是說『超強的～』。」

又是「好像」又是「應該」，這些含糊不清的說詞，一定全都是在掩飾。

證據就是這話既沒有力道，也不讓人感動，就只是隨口說說，她卻記在心裡——屬於那種即便說話的本人不記得，但聽在當事人耳裡會永生難忘的話語。

儘管只是無心的一句自言自語，卻成了明日葉院同學的心靈慰藉——她一定是難以忘懷那時候的事，才會繼續用功吧……

「……總而言之，這是我唯一能跟外人對抗的方式。只能用功念書不斷拿第一……」

然後，明日葉院同學終於抬起臉來，注視著我。

「而在我的面前——出現了妳這個人，伊理戶同學。」

她那雙眸的魄力，震懾了我。

當我入學考拿了榜首，在入學典禮朗讀新生代表的致詞時，我根本無法區分講堂裡眾多學生的長相。只能勉強認出水斗、媽媽還有峰秋叔叔的臉。

當時，她就在那些我無法分辨的臉孔裡。

把我當成阻礙自己道路、不共戴天的敵人，抬頭看著我。

「——無聊死了。」

忽然有個聲音岔進我倆之間，就看到星邊學長慢吞吞地從沙發上起身。

原來他醒著啊。「呼啊。」星邊學長邊打呵欠，邊把手放在沙發椅背上托著臉頰，望向明日葉院同學這邊。

「自己只會念書？真是無聊透頂——人類哪有妳想的這麼單純啊。」

明日葉院同學的眉毛跳動了一下，自動鉛筆也停了下來。

不合她那嬌小體格的怒氣油然勃發，嚇得我渾身僵硬。這使得我來不及勸架，明日葉院同學已經轉頭過去說：

「可以請學長不要隨意批評我的處世方式嗎？天底下不是沒有我這種人，只是學長不懂而已。」

「我就是認為沒有這種人，只是妳不懂而已——在學校用功是學生才有的專利，妳難道想留級一輩子嗎？」

「請你不要亂挑語病！我想說的是，也有一些人只能靠著專一目標活下去！」

「所以就寧願犧牲其他的一切嗎？我的天啊，妳簡直把自己當故事主角了。」

相較於明日葉院同學咄咄逼人的態度，星邊學長顯得無動於衷。

學長已經沒在看她的臉，豈止如此，甚至還拿出手機開始滑。

「我說妳啊……再繼續用這種態度過日子，遲早會死掉喔。」

「是人皆有一死，難道不是嗎……！」

「真是沒搞懂啊，沒搞懂呢。好吧，區區一個高三小鬼是沒資格講這些——但我覺得與其硬撐把自己搞死，還不如量力而為好好過活吧。」

其實星邊學長，絕沒有忽視明日葉院同學的心情。

態度不能說很好，但我感覺他說的話，都是在關心明日葉院同學。

然而情緒激動的明日葉院同學，聽不出他的真意。

「因為學長你……！是那種成天睡午覺，也不用做多大努力，就能輕鬆推甄上大學的人！像我這種，非得拚命努力才能成功的人……你根本不會懂！」

明日葉院同學吼完這些話，就把筆記本與課本往書包亂塞一通。

「明日葉院同學！」

我想叫住她，但明日葉院同學把書包掛到肩膀上，就快步走出學生會室了。

我嘆一口氣，望向滑手機殺時間的星邊學長。

「學長……我明白你擔心明日葉院同學，但也不用那樣說吧……」

星邊學長輕輕抓了抓頭，說：

「我果然說錯話了？」

「我覺得是說錯話了。請讓亞霜學姊教教你如何跟女生相處。」

「這處罰也太重了……」

星邊學長大嘆一口氣，仰望天花板。

「不好意思，伊理戶。我有點太激動了，真不像我的作風。」

「我覺得看起來還好……但學長怎麼會激動起來？」

「嗯……這麼說吧……」

星邊學長低聲這麼說做個中斷，然後放在椅背上的手，反覆張開又握起。

「其實我啊，右臂沒辦法舉高到超過肩膀。」

「咦？」

「這樣講，妳聽得懂嗎？」

星邊學長沒有看我。表情也沒反映出任何情感。

但是，我似乎明白了。

學長總是顯得灑脫自在、難以捉摸，成天打瞌睡又缺乏幹勁。但是紅會長與亞霜學姊都對他抱持敬意，從體格來看也**像是有從事過某種運動般**強健有力。

我感覺，我似乎變得——更了解這位學長了一點。

「明日葉院那邊，就麻煩妳多看著她了，伊理戶。」

「我嗎……？」

「不管是哪種金玉良言，都得由對的人說出口，才能打動人心啦。」

然後到這時候，星邊學長才終於看了我的臉一眼。

伊理戶結女◆一定是因為有你守護

「結女——水斗——我們先睡了——」

「你們兩個，別把自己弄得太累啊——」

「好——！」

媽媽跟峰秋叔叔離開客廳，回他們的房間去了。身旁的水斗眼睛繼續對著課本，對兩人輕輕舉個手。

每晚的遠端讀書會結束後，我與水斗總是不約而同地到客廳集合，各自用功。

半夜在其中一人的房間集合可能會引來奇怪的誤解。但如果是在客廳，媽媽他們都在

看，專心念書就不會害他們多擔心了。我並沒有跟水斗商量好，但我們就好像通過密道一樣，一起度過夜半時光。

換成直到第一學期為止的我，一定會神經緊張，無心念書。但現在的我，即使身邊有水斗的存在也不會過度在意——甚至反而讓我感到既安心，又平靜。

比起從前，我現在能夠抱持更輕鬆的心態溫習功課。或許多虧於此，念起書來也比以前更有效率了。

……不知道明日葉院同學，今天是否也在勉強硬撐著努力念書？

不管是哪種金玉良言，都得由對的人說出口才能打動人心——星邊學長如此對我說過。

的確，我自己在第一學期期中考的時候也是像她這樣勉強念書，結果輸給水斗，落到了全年級第二名。後來，我在期末考奪回了榜首，但並沒有像期中考那樣把自己逼得太緊。

但我如果因為這樣，就叫她像我一樣放輕鬆——也只會變成高高在上地給人建議……

有什麼是我能做的？

對於努力到走火入魔的她，以同樣方式塑造出今天這個自己的我，能為她做什麼……？

「——手。」

忽然間，水斗說了。

「妳的手停下來了。」

「咦？……啊。」

看來我想著想著，竟忘記自己也要念書了。

水斗把視線從課本移到我的臉上，說：

「遇到什麼事了嗎？」

「嗯……不，沒有，我沒出什麼狀況。」

「那就是學生會了？」

他怎麼知道的？……不過既然是水斗目光不及的範圍，大概自然就那幾件事吧。

「嗯……學生會裡有個女生，讓我有點擔心。」

「已經有多餘心思擔心別人了啊。了不起。」

「也是因為有你幫助啊。」

我笑了笑如此回答，同時心想，說不定……

沒有理由。他也沒用態度表示什麼。

但是——我不禁覺得，他說不定在等我傾訴煩惱。

「……如果你也有多餘心思，我想聊一下。」

「要多餘心思的話我比妳多出五倍。」

「那方便聽我說嗎？……最近有件事，讓我有一點點煩惱。」

水斗沉默地，把眼睛轉回到課本上。意思是聽我傾訴不算什麼大事，邊念書邊聽也行。

我將他的反應解釋成這種回答。

我大致講了一下。關於今天在學生會室發生的事、明日葉院同學的狀態，以及星邊學長對此表示的看法。

整件事情講完後，水斗眼睛沒離開課本，簡潔地說：

「我贊成那個前會長的看法。與其硬撐把自己搞死，不如量力而為。的確是至理名言。」

「嗯……我也覺得他說得對。可是……」

「用某種事物作為心靈支柱，表示一旦那個事物沒了，就會再也撐不下去。就像第一學期的妳那樣搖搖欲墜。我不認為那樣算是取得平衡的人生。」

當時的我，輸給水斗之後，才發現不用當榜首也不會失去朋友。從緊抓單一立足之地的狀態，發現到其實還有很多平坦的地面可以走。

可是——

「——可是，那是在講效率的問題。一個心懷熱忱的人是聽不進去的。聽在她的耳裡，大概只會像是遊戲影片留言下指導棋吧？」

「說得……也是。真的。因為正確的言論……不管說得再頭頭是道，聽不進去的時候就

是聽不進去。」

「這讓我想起決定報考哪所高中時的事了。我們那所國中既沒有人考上過這所高中，我要的又是特待生，所以級任就用一種難以啟齒的語氣建議我重新考慮。」

「啊！我也是！那時我心想『我才不管咧——！』因為我以為不去洛樓，就會跟你念到同一所高中了。」

「確定考上之後級任的態度一百八十度改變，但一點都沒有打動我。」

水斗小聲竊笑。當時我發現弄了半天還是要跟水斗念同一所高中，心情可以說是絕望透頂。現在講起來只覺得好笑。

「當時我心想，確信自己會成功的永遠只有當事人，旁人總是替他擔心失敗的後果。其實哪邊才是對的，要實際去做才知道。沒有了心靈支柱，當事人或許會灰心喪志，也或許會再接再厲。也不能一口咬定妳說的那個女生，一定不是個腦袋壞掉不懂得何謂灰心的人。」

「腦袋壞掉的人……你有見過那種人嗎？」

「東頭伊佐奈。」

……啊——我不禁恍然大悟。像那個女生都被水斗甩了，卻完全沒有灰心……

「結果說到底……只能說每個人有自己的想法嗎？」

每個人有自己的處世方式，大家各不相同，大家都很棒——所以，就不能給任何意見？

「那樣聽起來，總覺得……有點寂寞。」

就好像在跟我說，人與人之間是無法互相理解的。

好像在跟我說……無論以為彼此心靈如何相通，到頭來每個人還是有所不同，因為大家各不相同，所以在最根本的部分無法互相理解。

水斗先是沉默了半晌，接著慢慢指了指我的筆記本。

「既然這樣，妳先準備考試再說。」

「咦？」

「試試看就知道了。全力以赴。這樣就會知道……誰才是對的。」

難得聽水斗交出這麼單純的答案。

不……或許反而很像水斗的作風。

勝者為王——為了理出這麼單純的答案，讓他耗費了這麼一大篇理論。

明日葉院同學必定只能用考贏我的方式，來證明自己是對的。

既然這樣，我就阻止她，阻止她，再阻止她——也許有一天她會幾乎氣餒，重新審視自己的作法，到那時候才能傾聽別人的建議。

在那之前，我只需要以朋友的身分守護她。

雖然可能令人焦急……但一個人能對他人的處世方式造成的影響，或許也就這樣了。

「要是累了再告訴我。我可以代為守住榜首的寶座。」

對於這句故意氣人的話，我卯足全力酸回去。

「不用你費心。反正我看你還是當第二比較自在。」

「哼。」

我好像知道，為什麼現在待在他身邊比以前更安心了。

因為就像我選擇默默守護明日葉院同學——他一定，也在默默守護我。

伊理戶結女◆處世方式的學習方式

就這樣，第二學期的期中考考完了。

從結論而言，我胸有成竹地結束了為期兩天的段考。水斗考得怎麼樣我不清楚，不過遠端讀書會的成員都沒有露出絕望的神情，所以應該還好。

問題是明日葉院同學。

期中考所有科目結束後，我來到許久沒有全員到齊的學生會室，在那次之後，這是我第一次和明日葉院同學碰面。

「得心應手。」

明日葉院同學用她那嬌小的身子挺起大胸部，面帶洋溢自信的笑容抬頭看我。

「這次是有史以來我最有把握的一次。要找出我不會的題目都還比較難。伊理戶同學——看來妳的天下也到此為止了。」

聽到她自信滿滿的口氣，亞霜學姊說了：

「標準輸家的台詞，超好笑。」

「學姊！請不要把虛構作品與現實混為一談！」

「不是啊——」

亞霜學姊口氣像小孩子一樣，大口吃著超商賣的布丁。說是考完了獎勵一下自己。

我回看她散發自信光彩的表情，

「既然妳這麼有自信，要不要來打賭？」

決定使出早就想好的一個計策。

明日葉院同學連一點困惑都沒有，鼻子哼地噴了一口粗氣。

「好啊。假如我輸了，要我為妳做什麼都行！」

「嗯？妳是不是說什麼都行？」

「愛沙，看場合說話。」

紅會長接手管束探身向前的亞霜學姊。

「作為交換，伊理戶同學，妳如果輸了要為我做什麼？」

「這個嘛……讓妳看我的筆記本與課本怎麼樣？應該滿有參考價值的。」

「……原來如此，分享祕訣就是了吧。可以。雖然妳我是敵人，但或許還是有值得借鏡之處。那就約定輸的一方，要分享自己的筆記本與課本了？」

「不用。假如我贏了，明日葉院同學——我要妳每天睡足八小時。」

此話一出，沉默支配了學生會室。

亞霜學姊愣愣地偏頭。

「……咦？就這樣？很普通嘛。」

對，很普通。

如果是普通人的話。

「妳——妳怎麼能做出這種要求！」

明日葉院同學後退一步，用一種好像見到鬼的眼神瞪著我。

「八小時……！那豈不是浪費時間嗎？妳是打算奪走我的念書時間吧！然後藉此保住自己屹立不搖的名次……！取巧！妳這是投機取巧！」

「嗄？……不是，等一下。蘭蘭，妳平常一天都睡幾小時啊？」

「大約四小時！」

聽到她回得光明正大，亞霜學姊震驚地張大了嘴。

「四小時？每天？真的假的？妳會死的！」

「不用擔心。因為我是短眠者。」

……是嗎？

真正的短眠者，會打瞌睡嗎？

總而言之，我徹底扮演摔角比賽的反派。

「就是這麼回事。到下次考試為止就行了。到時候我們再打賭，如果我又贏了，我就要妳在下下次考試之前生活中睡足八小時。這下妳每天都會喪失四小時的念書時間，我的首席畢業等於是確定了！」

「……沒差。反正我是贏定了，妳這套卑鄙的計畫不會收到效果。妳就趁現在準備好要獻給我的筆記本吧！」

我拿了第一名。

「……呼……呼……嗯～……」

期中考結果公布的當天放學後——我、亞霜學姊與紅會長在學生會室，探頭看著在沙發上睡得香甜的明日葉院同學。

亞霜學姊戳戳她那肌膚彈嫩的可愛睡臉，說：

「哇～真的嚇到我了～……她一看到榜單就倒地不起，我還以為她昏倒了呢。」

「或許是緊繃的神經斷線了吧。疲勞一口氣爆發了。」

紅會長如此說道，靜靜地替明日葉院同學蓋上毯子。

排名結果我拿第一名，水斗第二，明日葉院同學又是第三。第二名與第三名之間總分相差了多達十分，恐怕不能用偶然做藉口。

水斗的說法是——「睡眠不足就像是替大腦套上枷鎖」。

說得實在有理。我們不可能輸給自己限制自我能力的人。

「但願她遵守約定，每天睡足八小時就好了……」

「她會遵守的。對吧，阿丈？」

被會長問到，羽場學長從會議桌看過來，對我們點頭。

羽場學長平時總是徹底當背景，連開口都很少，但或許也有在擔心明顯硬撐的明日葉院同學。況且會長的說法是……他看人的眼光比誰都細膩。

「蘭蘭個頭這麼小，會不會就是睡眠時間太短造成的啊？喏，不是都說愛睡的孩子長得

快嗎？」

「原來如此，這樣想也有道理……也就是說，小生一直長不高或許也是因為這樣了。這下可傷腦筋了。」

「咦？……會長，妳平常都睡幾小時？」

「三小時。小生是短眠者。」

聽到紅會長講得若無其事，我與亞霜學姊都對她冷眼相看。她臉上毫無倦色，搞不好還比一般人來得健康。她是拿破崙嗎？

水斗說得對，有時候還真的會遇到腦袋功能壞掉的人。

……但是，假如毫無根據地以為自己也是那樣，會無益地減損自己的壽命。每個人都有自己的處世方式——可是，身體可不會忖度主人的心思。

「……哦。怎麼了，今天人都到齊啦？」

我們三個正憐愛地看著熟睡的明日葉院同學時，星邊學長來了。

看到學妹在平常被他當床躺的沙發上睡得香甜，他顯得有點尷尬，但也帶著安心呼了一口氣。

「看來妳做得很好，伊理戶。」

「這就難說了。我想學長說的話能不能打動明日葉院同學，還是要看她自己。」

「這樣啊……妳說得對。」

真要說起來，星邊學長是叫我「多看著她」。我只是照他所說，做一個旁觀者罷了。

「哎喲～？」

聽到我們的對話，亞霜學姊嘻嘻笑著湊近星邊學長。

「該不會是又犯了吧？學長的雞婆病！反正一定是惹蘭蘭生氣了吧～誰教學長嘴巴這麼笨，偏偏又很關心學弟妹嘛！」

「妳很煩耶……！偶爾不雞婆一下，我豈不是真的變成只是跑來礙事的ＯＢ了！」

「本來就是吧？」

「學長以為自己不是嗎？」

「講話客氣點，兩個二年級的！」

星邊學長活脫像個不講理的學長那樣咒罵，邁著大步走進來，把紙袋放在沙發前面的桌上。

「這是？」

被我問到，星邊學長尷尬地別開目光，說：

「……講話冒犯到她的賠禮。幫我拿給明日葉院。」

「咦～？裡面是什麼啊，學長？」

「銅鑼燒。沒有人不喜歡豆餡吧。」

「……不，倒也不一定喔，學長。」

「啊？妳在騙我吧？」

「這很難啟齒，但我那個繼弟就不太喜歡吃豆餡……」

聽我舉出實例，星邊學長頓時變得滿臉焦急。

亞霜學姊抓準機會，探頭過去一邊抬眼看學長的臉一邊落井下石。

「學長你這個人……在最根本的地方，真~~~的很粗神經耶？」

「……啊，該死！算啦！假如她不吃就你們吃吧！我會再去買其他東西給她！」

「啊~鬧彆扭了~♪」

星邊學長擺脫纏著他取樂的亞霜學姊，快步離開了學生會室。

就算明日葉院同學無視於約定，又開始想硬撐，這幾位好心的學長姊，也一定會指正她。

一次又一次的指正，會讓明日葉院同學知道正確的硬撐方法。就算她只有這一種處世方式，也能學會不至於危害健康的硬撐方法。

不管明日葉院同學如何嚴詞拒絕，這幾位學長姊——還有我，都再也不會讓她溜掉。

因為，我們都已經變得太喜歡這個性情認真、頑固，又可愛的女生了。

……順便一提，明日葉院同學很喜歡吃豆餡。

把銅鑼燒塞得滿嘴不停咀嚼的明日葉院同學，就像小動物一樣看了非常療癒，謹在此附記中特別聲明。

伊理戶結女◆短短三個字不足以……

當晚。

我覺得既然問過人家的意見，就有報告的義務，於是將事情經過說給水斗聽。

水斗手裡的書從課本變成了文庫本，把整件事聽完之後……

「這樣啊。」

只回答了這麼一句話。

我不認為他會擺出明顯的安心神色，也不覺得他會長篇大論地發表感想；這個回答算是在我的預料之中。

……星邊學長雖然指名要我，但明日葉院同學這件事，就算我沒出面，大概也會有別人插手。

與她認識最久的亞霜學姊也許會逼她去睡覺，也有可能是目光敏銳的羽場學長透過紅會長解決此事。

我如果沒跟水斗商量，一定不會跟明日葉院同學提那種賭注。我會照常考贏她，而她可能會更進一步逼迫自己，念書念到病倒。

這樣一想，就覺得……雖然怪難為情的……但或許可以說……他有在支持我。

也實際感受到，現在的我說來說去……或許還是有些地方，在依靠水斗……

「……我想說——」

謝謝你。

面對眼睛對著文庫本的水斗，我正想這麼說，但在前一刻把話吞了回去。

用這麼簡單的話語解決好嗎？

用僅僅三個字的這麼一句話，表達我的心情？

一想到這，心中忽然凝聚出一個點子。

「我想說——有一個日子，希望你能空出來。」

聽我這麼說，水斗終於從文庫本抬起了臉來。

我一直在思考，那天該如何安排。

早在期中考之前，體育祭之前……不對，是在更久之前。

「……哪一天？」

「……下一個節日。」

水斗的眼睛，稍微睜大開來。

那天對我，或是對水斗而言，都是個特別的日子。

大概對媽媽以及峰秋叔叔而言，也是如此吧。那天對我們伊理戶家的所有人來說，都不只是個節日。

進入十一月的，第一個節日。

十一月……三日。

「——我們的生日。那天，你要空出來喔。」

♥但願此刻暫時停留

伊理戶水斗◆缺乏創意，卻是最好的……

事到如今這已漸漸成了美好回憶，就是我在國二到國三之間，曾經有過一般所說的女朋友。

在相較之下還算得上是蜜月期的前半段時間，我與她——綾井結女最驚訝的一次，大概要屬那一天。

亦即我們互相說出生日的那一天。

得知我們剛好出生在同一天，國中時期那個蒙昧無知的我，還深深覺得命運的安排令我生畏。

十一月三日。

這天是日本國內常年制訂的公眾假日，由於學校會放假，我從來不記得有家人以外的人替我慶祝過。但是就連這點，對當時的我來說都是正中下懷。這是因為我可以整天不受學校打擾，跟第一次交到的女朋友度過彼此的生日。

恕我直言，我沒把自己的生日看得多重要。

我甚至常常到了當天才想起來——畢竟我不記得自己出生瞬間的事，也幾乎不認識生下我的母親，要把這個日子放在心上實屬難事。

所以，只有那次是特別。

我這輩子，只有國中二年級的那一次，把十一月三日視為特別的日子。

那天，我們決定把白天用來約會，幫對方挑選禮物。畢竟我跟那女的都是初次跟人交往，幾乎沒有買禮物送人的經驗，而且這樣還能同時決定約會主題，堪稱一石二鳥之計。

……日後我才得知，那個超乎想像的陰沉女，綾井結女，似乎把我隨手給她的橡皮擦或其他一些小東西當成禮物收藏起來——但這是兩回事。

我們平時只會去書店或圖書館等欠缺情趣的地點，當天的約會可以說是少數像樣約會的例子。我們前往不常逛的百貨公司，東挑西選，拿猶豫不決當藉口長時間徬徨於幸福中。

最後我們抵達的地點，結果還是跟平常一樣——是書店。

——啊，這個書套……

綾井的眼睛並未停留在書架上，而是看著書套與文具等的展示區。

綾井隔著眼鏡，注視著低調桃紅色的皮革製書套。

——妳想要這個？

我一問，綾井像是有所猶豫般目光游移，說：

——嗯……我沒有一個真正的書套，所以……是很想要。可是……

——可是？

——那個……跟你說喔。其實我一開始，也想到可以買書套！可是……

——可是？

——……又覺得，好像不太有創意……

我笑了一下。

——跟我一樣。

——一樣？

——我也是頭一個就想到這個，但覺得可能太沒創意。

自我意識過剩的阿宅就是這樣。明明向來只會消耗他人的作品，卻端起作家的架子來想展現品味。

我們都覺得好笑，在安靜的書店裡低聲笑成一團。

——也就是說……

伊理戶結女◆缺乏創意，卻是最好的……

事到如今這已漸漸成了美好回憶，就是我在國二到國三之間，曾經有過一般所說的男朋友。

跟那個男朋友的生日約會，我們決定替彼此挑禮物。最後來到一家書店，站在色彩豐富的書套前面。

書套。

要送一個愛書的男友禮物，這是誰都會第一個想到的、最安全的禮物。

正因為如此，當時的我第一個就想到這個，也第一個從候補中剔除。

說穿了就是國中生會有的自大思維。我抱持著不切實際的想法，不想送那麼缺乏創意的禮物，想送更有品味、更浪漫的東西。

可是，他似乎也跟我有著同樣的想法。

我才一想到「既然這樣」，他已經伸出了手。

——也就是說……

水斗拿起了我一直在看的，文庫尺寸的桃紅色書套。

——我們彼此都覺得，這是我們最想送給對方的禮物……對吧。

遇到這樣的瞬間，當時心思還很單純的我，會變得幸福洋溢。

我們在想著同一件事。

我們的心靈是相契的。

每當產生這種實際感受，我總是深深感受到有伊理戶水斗做我男朋友的喜悅。

——……嗯。你說……得對。所以……

只有在這種時刻，我敢踏出一步。

膽小的我，卑鄙的我，認為在這一刻他會懂我，才敢踏進他的心中。

我拿起黑色的皮革書套，靦腆地說：

——不然，我們用一樣的好了？

儘管正確來說，是同款不同色。

水斗笑了一下，難得促狹地說了：

——哇，情侶書套耶。

——呵呵。你不喜歡？

——如果是情侶裝我會覺得很可恥……但這個的話我覺得不錯。很有我們的風格。

——嗯！

我們的緣分是用書牽起的，所以初次贈送的禮物，就選擇保護書本的書套吧。

好吧，這種耍帥的理由，當然是事後才加上去的。

後來，我們即使在學校，也都是使用成對的書套看書。

即使只有顏色不同，意外地並不會被發現。這是只有我們知道的情侶書套。

看到班上同學對此一無所知，我們還會偷偷用眼神分享歡笑。

不過就是到分班之前，短短半年的小樂趣。

至今我一直不知道，升上三年級之後——他是否還在使用那個書套？

伊理戶結女◆完美美少女學生會（？）

跟著學長姊一進教室的瞬間，我感覺到室內的竊竊私語頓時安靜下來。

在會議室裡，有各委員會的代表者集合。今天是新一屆學生會成立以來，第二次的定期會議。第一次的時候我還滿緊張的，但到了第二次就稍微掌握到要領，能夠游刃有餘地到自己的座位就坐——但是……

總感覺第一次會議所沒有的視線，這次都聚集在我們身上。

「……嗚哇——……真的耶……」「看吧？跟我說的一樣吧？就說今年的學生會很驚人！」「等級超高……」「上次遠遠看到的時候還沒發現——……」

一時恢復安靜的室內，又逐漸為另一種竊竊私語所支配。

每個人或許都以為自己有壓低聲音。但是，因為大家講的內容大同小異，使得聲音變得比他們自己所想的更大，傳進了我的耳朵裡。

——今年的學生會都是正妹。

不知道是誰散布了這個傳聞，總之似乎就這樣傳開了。

的確，紅會長兼具領袖特質與女性魅力，亞霜學姊（只要不知道真相的話）個頭高挑又有傲人身材，明日葉院同學則是個頭嬌小但胸圍雄偉，臉蛋也很可愛。她們被大家那樣說並不奇怪，但我似乎也被算在其中，讓我總覺得渾身不自在。

而且，身為萬紅叢中一點綠的羽場學長，還被當成空氣直接無視。

「……真是輕浪浮薄。」

身旁的明日葉院同學，用有點艱澀的詞語咒罵。看在既討厭男生也討厭談情說愛的她眼裡，這些視線大概只會令她厭煩吧。

或許這也是所謂的名人稅吧。本來以為不同於虛擬作品，學生會只是幕後工作人員，不會引起多大注意——也許是紅會長的燦爛光環，把我們也一起照亮了。

「——長得那麼漂亮成績又好，會不會太奸詐了？」「反正一定有男朋友吧——」「感覺都是談那種閃亮動人的戀愛～」

……這就難說了。

碰巧聽到的背後議論，讓我想起了期中考之前發生的一件事。

十一月三日。

我與水斗的生日，已經近在下個月初。

我要趕走水斗心裡的過去那個我，換成我去坐在那個位子——下定這個決心之後已經過了兩個多月，我卻窩囊到沒有半點進展，如今更是毫無理由能錯過這件大事。

我要準備一份超越過去那個我的禮物，用甜言蜜語打動水斗！

……有這種決心是很好，卻想不到半點好主意。

誰來告訴我，禮物該怎麼挑才對？

長達一年的空檔，造成我的戀愛能力完全生鏽。好歹也曾經有過一個男朋友，我卻完全不知道該怎麼做。要送什麼東西才能讓水斗開心？不管我如何回想，都只想起一個腦袋燒壞想太多的陰沉女，現在這個水斗臉紅心跳的畫面半點不肯浮現腦海。

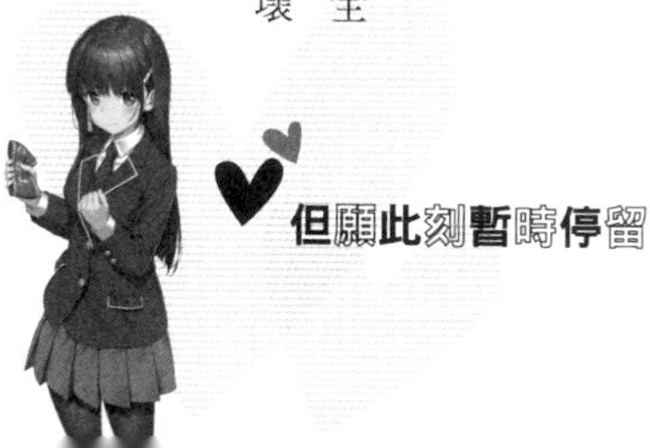

既然如此，只能採樣測驗了。

於是，趁著只有我與紅會長還有亞霜學姊三個人的時候，我開口請教。

「想請問兩位……在喜歡的男生生日時，用什麼方式慶祝過呢？」

聽我下定決心主動開口，兩位學姊對我露出愣愣的表情。

「咦——？什麼？小結子，問這什麼沒頭沒腦的問題啊——聽起來簡直好像我有喜歡誰似的！我只有一個耍著玩很有趣的學長，並沒有喜歡的男生喔。」

「結女同學，要提問得先有正確的前提。妳這樣講豈不是在說小生有喜歡的男生？小生只有一個把自己貶得過低讓小生火冒三丈的同班同學，並沒有喜歡的男生喔。」

別跟我扯這些了啦。

我很想這樣說，但在最後一刻忍住了。

「對不起，我更正我的問題。亞霜學姊與紅會長，在星邊學長與羽場學長的生日，分別是如何慶祝的？我現在正在思考要送給一個男生什麼樣的生日禮物，但就是想不到好點子……」

「哦——送男生生日禮物呀。所以想聽聽我們的經驗就對了！」

「既然是這樣，小生樂意與妳分享。如果小生的經驗能成為學妹的成長養分，沒有比這更可喜的事了。」

啊，看起來好像很開心。好像沉醉在把戀愛經驗講給別人聽的快感中。

坦白講，在這時候我已經多少有點不祥的預感，但畢竟是我開口的，不能又改口說「還是不用了」。

「那麼，鈴理理，從我開始可以嗎？」

「嗯。就讓小生見識妳的本領吧。」

亞霜學姊已經可以說是難掩雀躍，成為先發選手，雙手煞有介事地十指交扣。

「學長的生日在八月，那天——」

亞霜愛沙◆來自學妹，僅此一次的……

「……死棋了。」

盛夏日在自己的房間裡，我獨自產生被人宣告將軍的心情。

我不著痕跡地向學長問出生日，也準備好了生日禮物——到這裡為止都很順利。甚至還有多餘心思妄想只要把這個送給他，那個女性經驗缺缺的學長，表面再怎麼裝沒事也一定會變得坐立不安。

問題是。

……我該怎麼拿給他？

到這裡就死棋了。實不相瞞，現在是八月，正值暑假期間。學生會的活動日也很少，見面機會本身就有限。雖然打個手機就能輕鬆取得聯絡，但我哪有辦法能把那個遲鈍冷血又粗神經的學長，在生日當天邀出來？

真要說的話，在生日當天約見面，那豈不是跟告白沒兩樣？

想著這些問題時，一個令我不爽的同學的臉孔重回腦海。她最近老是說「星邊學長就快卸任了，要告白就趁現在」——真的有夠囉嗦。少來了啦，最好是，還跟學長告白咧……不過嘛？假如是他跟我告白？或許也不是不能考慮一下？

……啊～這件事是要想幾遍啦？再這樣下去我會錯過時機，特地買來的禮物就要變成櫃子裡的堆肥了～

「姊姊，妳在嗎？……咦，嗚哇，這房間是怎麼搞的啊？不要把胸墊丟在地上啦。」

「老妹啊～！妳姊姊我現在，正面臨人生最大的危機啊～！」

「不要抓著小妳四歲的妹妹求救。妳不覺得丟臉嗎？」

竟然拿這種一本正經的話攻擊我……！我可不記得有把妳教成這樣！

「反正一定是男生的事吧。趕快去跟他約會還是怎樣都好，再這樣下去房間都要爛掉了。」

「哪能那樣說去就去啊！高中生可是有很多難處的好嗎！」

「那妳愛怎樣就怎樣，反正離開家裡就是了。班上或是學生會都好，姊姊的話要找朋友應該多得是吧。」

「找學生會的人一起玩——啊，原來還有這招啊！」

根本就沒死棋。只是太熱腦袋當機而已！

我用飛撲地回到床上，聽著背後傳來妹妹的嘆氣聲，對學生會的ＬＩＮＥ群組送出以下訊息：

〈大家一起去游泳池吧～〉

「你在做什麼呀？學長～」

我一面用心機算盡的聲調上前攀談，一面稍微彎腰，湊過去看躺在躺椅上的學長。

道行高深如我，不會怕穿泳裝。我有聚攏托高做出的完美深溝，還有敢露敢秀的完美小蠻腰。再穿起清純又性感的純白比基尼，泳池邊的視線就被我獨占了。

可是枉費了這一切，穿泳褲的學長卻躺在遮陽傘的影子裡滑手機，看都不看我一眼。

「啊——我想先拿個登入獎勵，結果不小心就開始刷關了。」

「你完全中了營運的計啦……嘿咻。」

「……喂。妳幹嘛躺我旁邊？」

「稍微休息一下——又不會怎樣。」

「是不會怎樣……」

我把手輕輕握拳，擋住忍不住噗哧發出的笑聲。

我只是躺在學長旁邊的躺椅上，面對著他而已。兩者之間有距離，有空隙。但是這樣做……

「就好像在陪睡對不對？」

「…………唔。」

隔了一段空檔後，學長的嘴角有些懊惱地歪扭了。是不是心動了一下？你心動了一下對吧？所以才會覺得懊惱吧，學長？哼哼哼！

學長這個人明明既遲鈍、冷血又粗神經，與他人之間建立起高牆，偶爾卻會像這樣失守一下，讓我覺得非常好玩。感覺就像他接納我了。就像是只有這一刻，他讓我進入他那硬殼之中，擁抱我的存在。

啊……再過不久，他就不再是學長了。

雖然離畢業還有一段時期……但文化祭結束之後，他，就不再是學生會的人……

……僅限一次。

能夠在同一所學校，作為學長學妹贈送生日禮物的機會——僅限今天這一次。

「——學長！要不要我幫你擦防曬？」

「啊？」

我一邊霍地坐起來一邊說，學長一臉詫異地看向我。

「幹嘛，學紅跟羽場啊？不用了，我沒有要下水那麼多次。是說根本只是妳想碰我吧。小心我告妳性騷擾喔？」

「唔。那你就跟我下水嘛。過——來——！」

「妳……喂！」

我拉著學長的手臂，讓他這個大塊頭站起來之後，硬是把他拉向泳池。

「喂喂喂！這裡禁止跳水……」

「學長今天不用當會長，所以別這樣一板一眼的——啦！」

「唔喔喔喔！」

我背對著泳池讓自己落入水裡。

白色氣泡咕嘟咕嘟地在我眼前上升，在氣泡之間，我看到學長緊閉雙眼的臉龐。也許那

次，是我最感謝自己不用戴蛙鏡就能在水裡睜眼的一刻。

學長像小孩子一樣閉起了眼睛，我將手臂繞上他的脖子抱住他。

緊接著，學長的身體一使勁往上撐，我被他拉上了水面。

「噗哈！」

學長用他的大手擦臉，撩起濕透的頭髮。

然後他看著手掛在他肩膀上的我，橫眉豎眼地說：

「妳啊！怎麼可以沒做熱身就冷不防——嗯？」

他終於注意到了。

注意到掛在自己脖子上的，銀色的項鍊。

「呵呵。」

我用最適當的角度微微偏頭。

面帶最好看的調皮笑臉，說道：

「好像戴項圈喔，對不對學長？」

沒錯。

這條項鍊，就是我送他的生日禮物——

「哦喔喔～～～～！」

還以為會冒出什麼廢到極點的插曲，想不到竟然聽到一個比想像中浪漫一百倍的插曲，我不禁大受感動。

「咦？那不是很棒嗎——咦？那不是很棒嗎！把學長拖進泳池，趁機幫他戴上？咦——！那不是超棒的嗎！」

「哼哼，這就是妳師父的力量。儘管尊敬我吧。」

「師父妳該出手的時候還是會出手呢！」

「喂喂——這樣講好像我平常都不敢出手一樣喔——？」

這個小惡魔插曲，把我感動到都不小心說出真話了。噫咿咿——……這、這就是青春啊……

我感動到發抖，師父笑得洋洋得意，只有一旁的紅會長半睜著眼輕視地看她。

「……妳這個故事，是不是漏了結尾？」

「什麼？」

結尾？

紅會長一臉傻眼地托著臉頰說：

「後來妳發現跳進泳池時的撞擊力道，讓胸墊從泳衣裡掉了出來——」

「——啊——！啊——啊——！我不知道妳在說什麼耶——？怎麼好像沒印象——？」

「…………師父…………」

把感動還給我。

應該說，這點小事做之前就該注意到吧。

「好了！下一個下一個！再來換鈴理理！」

「真拿妳沒轍……看來就連這種場合，小生也得完成身為會長的職責。副會長不可靠小生就得多費心，傷腦筋啊。」

「超煩……！跟遊戲的緊急維修一樣有夠煩……！」

紅會長面露自信洋溢的笑容，悠然自適地開始說起。

「阿丈的生日，日期實在很有他的風格——」

紅鈴理◆無論你躲在這世上的哪裡

「是上星期。」

「咦？」

一月初旬——春假結束後我隨口一問，得到的答案卻讓小生不禁當場結凍。

「我的生日是一月五日……也就是上星期。」

我渾身開始大量流出已經多年沒流過的冷汗。

阿丈——羽場丈兒是個極端缺乏存在感的少年。他總是有如背景般融入教室，嚴重時連教師都會忘記他的名字。

但是，那只是一般人的情況——無論他如何缺乏存在感，都不可能騙過小生我的法眼。自從入學念同一班以來，小生從未忘記過他的存在，他也不曾從小生的眼中消失。就算其他人都辦不到，只有小生應該能做到這點。

想不到，小生卻……

小生應該很清楚才對。其實不用問什麼「對了，你的生日是什麼時候？」這種問題，連學生手冊上都有寫的資訊，小生不可能沒看過。那資訊完全從小生腦中丟失了。小生這個上課內容能夠每字每句清楚記得的頭腦，竟然只有這項資訊完全遺漏，不知丟到哪裡去了。

「妳不用放在心上。」

講得若無其事。

神色自若地，阿丈說道。

「正月的頭三天結束，『新年快樂』也開始講膩了之後，就是我的生日了。連家長都會忘記了，無可奈何。我也習慣了，所以紅同學，妳不用特別顧慮我的心情。」

習慣了？

無可奈何？

豈有此理！

「阿丈——只限今年，你的生日改到今天。」

「……嗄？」

阿丈詫異地看了看小生的臉。

「跟小生去買禮物，現在就去！」

就這樣，在一月的大冷天裡，小生硬是把阿丈帶了出來。

小生我們從離學校最近的公車站，搭乘開往鬧區的公車，隨著車子晃動了幾分鐘。然後在繁華的人行道下車，順著人潮開始往前走。

「你有沒有什麼想要的東西？小生存了很多打工薪水，預算你不用擔心。」

小生一邊從圍巾裡呼出白煙，一邊對走在身邊的阿丈問道。

制服外面穿著大衣的阿丈，用左手拉起衣領說：

「沒有特別想要什麼……再說，用紅同學的打工薪水買東西會讓我過意不去。」

「這是禮物，你不用在意的。」

「我認為一般來說，禮物應該由贈送者來想才對。」

嗯，原來是這樣啊。

「既然這樣，那小生只要送小生想送的東西就是了……呵呵，小生想到一個好點子了。」

「……我倒是有種不祥的預感，我看今天還是——」

「等等。你可別想跑喔？」

說完……

小生纏住阿丈的手臂，抓住他的身體不放。

「妳——」

「不管誰怎麼說，今天就是你的生日。所以，你有義務要被小生慶祝。」

小生更加用力地抱緊阿丈的手臂，他傾斜著身體想從小生身邊逃開。

「……紅同學。我還是跟妳說一聲，妳那個碰到我了。」

「當然了。女人無論何時，都會想把胸部按在心儀的男人身上。」

「我想應該沒這種事吧……」

平淡的表情當中流露的些微害臊，以及從手臂的細微動作感覺到的羞恥心，輕輕搔動了小生的胸口深處。

如果真的以為自己是背景，心情的起伏也得完美駕馭才行吧？

「那我們走吧。這附近有家不錯的店。」

小生一邊就近凝視阿丈愣怔的臉，一邊讓自己的手跟阿丈的手交握。

「……！……」

「順便告訴你，這不算在禮物之內。」

阿丈的視線飄向了與小生相反的方向。

做了這麼多，才這點反應啊。真是，實在是個傷腦筋的傢伙。

「你的問題不只是存在感。」

小生從架上挑出各種衣服，一一放到阿丈的肩膀上比比看。

「容貌天生平凡是無可奈何的事。但是，給人的印象多得是方法打造。只要改善服裝搭配，你這種薄弱的存在感應該多少也會有所改進！」

「我是覺得沒用……」

「包在小生身上。小生來讓你脫離背景！」

然後過了幾十分鐘。

小生在試衣間門口抱頭苦思。

「嗚嗚嗚————————嗯……」

這下傷腦筋了。

還真的是個讓人傷腦筋的傢伙。

從吸睛的浮誇衣裝，到顏色低調但散發品味的時尚服飾；我讓阿丈試過了各種穿搭，誰知……可怕的是，沒一件適合他。

這傢伙是怎麼搞的？

只不過是想稍微幫他打扮一下，就會立刻變得像是裝大人的國中生。只有好像把媽媽買來的衣服隨機選來穿的土氣款式才適合他。甚至可以說穿個人特質方面完全零分的制服最好看。

「……差不多該滿意了吧，紅同學？」

「不，等等！等小生一下！小生馬上就會想到了！馬上就會想到有什麼服裝，可以中和你那薄弱的存在感……！」

阿丈摘下小生給他戴上的帽子，用不知心裡在想什麼的撲克臉說：

「我並沒有因為別人沒注意到我就覺得心裡不舒服。」

「你又在說這種話——」

阿丈一聽，臉上忽地浮現無奈的笑意，注視著小生。

「……我要是比這一切再要求更多，就是奢求了。」

不管是何種問題、何種算式，小生這個原本都能立即推演出答案的頭腦，在這一刻，卻無法立即定義這份揪心的感情。

他說的這一切，究竟是什麼？

不用問，小生也知道了。他的視線在表示，這一切指的就是小生。

啊，你——為什麼這麼地無欲無求？

小生根本不是什麼了不起的人物。分明就只是個比別人更傲慢的女人罷了。

可是——

「紅同學？」

小生別開臉不去看阿丈。

不要這樣，不要看著小生……你這樣看著小生的臉，會讓小生變得不再是你心裡的那個紅鈴理。

小生一邊拉起圍巾遮住嘴，一邊有意識地調整了呼吸。

小生討厭不懂自己力量高低的人。

更討厭不接受自身價值的人。

所以小生並沒有放棄。直到你得到配得上你的價值的目光，小生毫無打算放棄。

不過……現在……

如果你說，有小生一個人就夠了，那麼目前就這樣吧。

「……走吧。」

「咦？」

「把衣服換回來。」

小生讓阿丈換回原本的衣服，然後拉著他的手，前往同一棟大樓的不同樓層。

那裡有一家手機館。

小生前往智慧手機飾品區，站在色彩豐富的手機殼展示架前，向阿丈問了：

「你覺得哪一個最有小生的感覺？」

「咦？……呃……」

阿丈困惑地，指著一個天藍色的手機殼。

「這個吧……大概。」

「那就這個。」

說著，小生拿起那個手機殼。

「……這個，該不會是要送我的禮物吧？」

「對。大小呢？」

「沒問題……」

「好。」

小生就這樣走向收銀台結帳。然後鄭重地，把買來的手機殼塞進阿丈手裡。

「這是你認為，最有小生感覺的手機殼。」

「咦？對……」

「所以，你就把它當成小生來使用吧。」

小生直勾勾地，窺視阿丈那雙眨個不停的眼瞳深處。

「這麼一來，無論何時何地，只有小生可以永遠看著你，對吧？」

就算身邊，沒有一個人注意到你。

只有小生，永遠看著你。

「如果這樣還是不夠，就把小生本人叫去吧——無論你躲在這世上的哪裡，小生一定會找到你。憑著這個人稱天才的頭腦。」

小生一邊半開玩笑地說，一邊活像愛沙那樣露出小惡魔般的微笑。

「也就是說，你的生日禮物就是小生。隨你處置吧。」

伊理戶結女◆前述故事的結尾

「哈啊～……」

聽到不同於亞霜學姊的另一種帥氣插曲，我出於分不清是佩服還是讚嘆的心情嘆了口氣。

「會長在羽場學長面前，好會耍帥喔……」

「喂喂，這樣講好像小生平常都很遜似的喔。」

「我第一次聽到這麼有型的『禮物就是我』！」

「是吧是吧。」

紅會長頗為得意地點頭，但一旁的亞霜學姊托著臉頰給她好大的白眼。

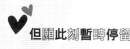

「不是吧……妳怎麼只挑好的地方講？」

「什麼？」

「記得在那之後，阿丈同學跟妳說『謝謝妳的心意，但是太沉重了』，妳還用ＬＩＮＥ跟我抱怨了一大堆——」

「小生沒印象！」

……其實也是，被一個沒在交往的女生說「禮物就是我」，或許是有點沉重。再說手機殼這種東西，沒在用的話瞬間就會被抓到。

「可是要計較這點的話，被沒在交往的女生送項鍊也還滿……」

「嗯嗯——？奇怪了，我是不是聽力下降了啊？小結子，妳有說什麼嗎？」

「沒有，沒什麼。」

我可沒有覺得比起項鍊，送具有實用性的手機殼還比較沒那麼沉重。

「真讓我來說啊！」

亞霜學姊憤慨地雙臂抱胸說了。

「收了人家東西還抱怨根本是不知好歹！不管東西沉不沉重，都應該心懷感激地哭著收下才是做人的道理吧！」

「愛沙，想不到妳偶爾也會說句人話。真要說的話，學生會的兩個男生都太被動了。雖

說現今社會講求的是男女平等多元族群，但偶爾還是希望他們能有出息一點。」

「就是啊！他那大個頭跟肌肉都是擺好看的嗎！偶爾來個壁咚是會死啊！」

失控女生互吐苦水起來沒完沒了。結果我只能一邊陪笑，一邊聽兩位學姊夾雜了過多個人願望的怨言……

伊理戶結女◆前述故事的結尾再結尾

事後。

結果我還是沒想到要送水斗什麼禮物，一邊思考一邊來到學生會室，看到在那裡睡午覺的星邊學長，以及正在做事的羽場學長。

這時，我注意到了。

星邊學長的胸前，隱約露出一條銀色項鍊。

羽場學長的手裡，握著天藍色的手機殼。

我發現兩樣東西都得到細心保養，看起來還像新的一樣。

……也許意外地，兩人都沒那麼被動。

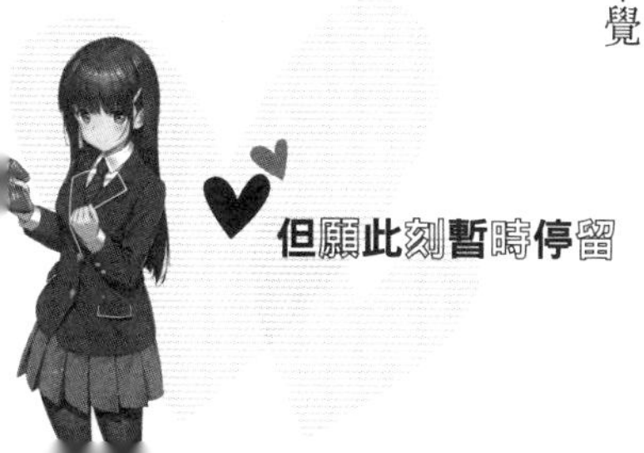

總有一天，兩位學姊的心意一定能得到回報。我一邊被這樣的預感打動內心，一邊回想兩人說過的故事。

如果不好意思兩個人約出去，就揪大家一起。

禮物，只要選擇送禮人想送的東西就好。

原來如此……我懂了，既然這樣——

伊理戶水斗◆作為家人共度的生日

——我們的生日。那天，你要空出來喔。

結女那樣對我說的時候，坦白講，我產生了期待。

她是否想在生日當天跟我約會？就像以前交往的時候那樣，想兩人獨處來個交換禮物的盛大活動？

我一反常態地，產生了這種簡直有如純情國中生的淡淡期待。

現實情形的發展，卻像是在嘲笑我的這種心情。

「生日快樂！」

我的繼母由仁阿姨，面帶開朗笑容對我們這樣說。

由仁阿姨把一個長方形盒子放在我們——我與結女的面前，說：

「選你們喜歡的蛋糕吃吧～小奢侈一下買了很貴的喔！」

「本來是要買大蛋糕的。但實際上一看真的太大了。」

「就怕吃不完。結女也差不多到了開始擔心熱量的年紀了嘛。」

「抱歉讓妳白擔心了，我還不需要減肥。」

結女半開玩笑地說，「好羨慕喔～」由仁阿姨孩子氣地說道。

結女打開蛋糕盒看看，「那我要這個巧克力的！」謹慎地拿出咖啡色的蛋糕。然後把蛋糕盒推給我，說：

「水斗同學呢？」

……簡直好像什麼事都沒發生過似的。

竟敢給我好像別有深意地說什麼「要把那天空出來喔」。結果竟然是為了跟家人慶生？害我整個白天毫無意義地在那裡心神不寧！

「……那就這塊起司蛋糕。」

我不會把內心的懊惱表現出來。我懂這其中的道理。她一定是認為照我的個性，會滿不在乎地忽視慶生會吧？可是，如果是那樣就直說啊。不要講得讓人想歪啊！講話不清不楚

的！

「然後，這是給你們的生日禮物。」

說著，老爸在我與結女面前，各放了一只像是壓歲錢紅包袋的小信封。

「不用擔心，我與由仁都有替你們各準備一份。」

「謝謝叔叔！我可以打開嗎？」

「不是什麼多好的東西。就是圖書禮券一萬圓而已。」

「咦！」

結女打開信封，從裡面拿出十張禮券。這我倒是已經看習慣了。

「一萬圓禮券……」

「小峰他啊，好像每年都送這個呢。很沒變化對不對？」

「誰教水斗收到這個最高興？我也沒辦法啊。」

「不、不會！我真的很高興！謝謝叔叔！」

結女喜形於色地說。看得出來她眼中有著無限夢想。因為有了足足一萬圓，短期間內就不用擔心沒錢買書了。尤其是結女常常也會買一些價格較貴的單行本，拿到這份禮物更有幫助。

「那麼，接下來是我的禮物！首先這個是給結女的！」

由仁阿姨從手邊的袋子裡拿出一瓶什麼東西，往結女的面前一擺。

結女拿起它，說：

「化妝水……？」

「沒錯！是比較貴一點的成熟品牌！送給最近隱約散發出女人魅力的女兒！」

「女人魅——我、我給人這種感覺嗎？」

「有啊有啊～我看妳在學校一定是萬人迷吧，我的女兒啊～」

「才、才沒有啦……！」

真是謙虛啊。她如今從「年級第一優等生」升級到「美少女學生會的一員」，沒有一天聽不到關於她的傳聞。川波與南同學還生氣地說：「想跟伊理戶同學告白的傢伙多出太多了！」「就是啊！都不會考慮一下擋桃花的人的心情！」我倒想問你們背後都在搞什麼花樣？

「然後，水斗的是這個！」

說完，由仁阿姨站起來，把放在客廳角落的一個球形物體用雙手抱過來。

「……是靠枕嗎？」

「沒錯！是懶骨頭沙發！」

由仁阿姨用手壓壓懶骨頭，展示它的柔軟度。

「這樣看起書來應該會更放鬆吧～只是要小心，不要使用過度了。有些人一躺就起不來了！」

我也蹲到懶骨頭前面，摸摸看它有多軟。的確……躺起來應該很舒服。不過看到這個最高興的大概不是我，而是伊佐奈吧……

「謝謝阿姨。我會有節制地使用的。」

「就這麼做。也要跟東頭同學說一聲喔！」

被她發現了。

「好好喔～……我可能也有點想要這個。」

結女從我背後探頭過來看。

「妳可以偶爾跟他借用呀。」

「不不不……只有東頭同學才敢在男生的房間耍廢成那樣啦。」

「又不會怎樣，不用跟他客氣呀。你們是兄弟姊妹嘛！」

……因為是兄弟姊妹，是吧？

一邊是像這樣作為一家人共度時光，一邊是將她當成女生看待的時間。兩者在我的日常生活同時成立，有時我會感到自己像是分裂成了兩半。

我想待在妳的身邊。我再也不會否定這份欲求。

但是……究竟要以什麼樣的形式達成這一點，我或許還沒做好決定。

伊理戶水斗◆那場重逢原是必然

「唉，真是。媽媽妳喝太多了啦……」

「唔嘿嘿～沒四沒四～」

「好了啦，要睡就去床上睡！好嗎？」

結女攙扶著難得喝到醉醺醺的由仁阿姨，帶她離開。

老爸一邊靜靜地傾杯，一邊笑了笑。

「大概是能夠像這樣四個人一起慶生，讓她太高興了吧。」

「……因為我們的生日湊巧是同一天？」

我一問，老爸垂下眉毛說：

「不見得吧。也許並非湊巧。這件事，就某種意味來說或許是必然。」

「咦？」

「就是所謂的命中注定。世間的一切，安排得真是巧妙……」

老爸或許也同樣有了幾分酒意，眼神彷彿望著遠方某處。

「水斗，說到這個，我似乎還沒跟你說過？爸爸跟由仁，是在何時何地相遇的……」

「沒有……只說是工作時碰到。」

記得老爸跟我提到再婚時，確實是這樣解釋的。

但是，老爸緩緩搖搖頭。

「決定再婚的契機，確實是那樣沒錯……但其實呢，我們早在更久以前，就有過一面之緣。」

「哦……」

「在醫院。在你與結女出生的那間醫院，只見過一次面……」

原本隨口附和的我，聽到這句話，注意力頓時全被吸引過去。

我與結女出生的……醫院？

我們是在同一間醫院出生？

「嚇了一跳嗎？不過仔細想想，這也很合理。住在同一區，出生在同一天……醫院當然也是同一間了。雖然你不記得了……但十六年前的今天，你與結女是一起出生，也是睡在同一間嬰兒室。」

仔細想想，的確很合理。

我與結女，念的是同一所國中。換言之就是學區相同，彼此住得也不遠。既然這樣，就算真的在同一間醫院出生，也一點都不奇怪。

「當時，河奈她……你媽媽她，徘徊於生死界線……我害怕得不知道該怎麼辦……就連短短十秒之後的狀況都無法想像……也無心工作，就在醫院裡虛度時光……就在那時，一位正好經過的女性，出聲關心我。」

「……她就是……？」

「對。她就是……剛生下結女的由仁。」

老爸無奈地笑著說。

「先跟你說明白，我發誓我沒有外遇。當時的我們，連對方的名字都沒問就道別了……我們只是在那短暫的時間內，互相傾訴了彼此的不安……由仁因為丈夫工作忙，連好不容易出生的孩子都沒來看一眼，讓她心裡很不安……她說就在這時，她看到我的表情比自己更嚇人，好像世界末日到來似的，就覺得無法視若無睹……」

結女跟我說過。她說由仁阿姨的前夫是個工作狂，擁有家庭卻過著獨居般的生活。

「由仁她說過……就算不知道今後家庭會變成怎樣，只要看到孩子的臉，就會對未來充滿期待……聽到她這麼說，我也去看了你的臉。結果一看到你，就讓我稍微湧起了明天繼續活下去的勇氣。要不是有那次經驗……當河奈拋下我的時候，我也許會恨你……」

……被拋下。

至今，在我的人生當中，理所當然地存在過的這段歷史……不知道為什麼，此時此刻令我感到無比恐懼。

我發自內心覺得，最不想遭遇到的就是那種事。

「所以由仁……是我的恩人。」

鏗啷一聲，玻璃杯中的冰塊發出碰撞聲。

「十五年來，我努力工作把孩子養大，失去河奈的傷痛也漸漸沉澱……就在這時，我與當年的恩人重逢。一眼我就明白到，如果要再婚，她是我唯一的選擇……」

老爸的講話方式顯得心不在焉。昏昏欲睡的，眼皮隨時可能閉上。

「所以……我也，很高興……我們可以四個人，作為一家人迎接今天……我很高興……真的很高興……」

老爸的頭越垂越低，沒過多久，就趴到桌上沉沉睡去。

難得看到老爸喝這麼醉……大概今天這個日子對老爸與由仁阿姨來說，是真的很特別吧。

老爸靜靜發出輕微鼾聲時，結女回到客廳來。

「咦？峰秋叔叔也睡著了？」

「是啊……抱歉，可以幫忙拿條毛毯過來嗎？」

「好。」

結女從寢室拿了條毛毯過來，我把它披到趴在桌上的老爸肩膀上。

慶生會，這下就完全散會了。

剩下我們一雙兒女，帶著莊重的心情開始收拾餐具。

「我說……」

收拾的過程中我話講到一半，卻還是作罷了。

我們之所以會成為兄弟姊妹，或許根本不是什麼命運安排。

真要說的話，只能算是連帶受到老爸他們的命運影響。兩人以孩子為契機相遇，注定遲早要在一起，不過是如此罷了。

老天爺設下的陷阱，說不定真的僅限國中圖書室邂逅的那一次……

「什麼事？」

結女轉過頭來，我對她說：

「……吃剩的蛋糕，要記得放進冰箱。」

「咦？嗯，我知道啊……」

大概，沒有特別說出來的必要。

什麼老天爺或是命運，歸根結柢，都無關緊要。
我們，有我們必須守住的事物。
基於這一點應該怎麼做——必須由我自己來決定。

伊理戶水斗◆沒事閒聊有時有助於整理心情

我回到自己的房間，眼睛轉向書桌上。
那裡，放著一個包裝起來的小禮物。
我摸著包裝外層，回想起結女若無其事地度過慶生會的神情。
……簡直像是回到了國中時期一樣。一個人情緒亢奮，又擅自失望……
我應該已經告別了這種迷惘的心情，一回神卻發現自己在走回頭路。
結果，我會變回過去的自己嗎？
如果是那樣，那麼，就算我現在這份願望實現了……到頭來，會不會也像當時那樣，只不過是毀滅的序章？
假如是那樣……這次，可就不是鬧著玩的了。

分崩離析的，不會只是我們……

「……嗯？」

放在口袋裡的手機，忽然開始震動。

拿出來一看，是伊佐奈打來的。

「喂？」

『喂喂～生日快樂～』

快樂無煩惱的聲音像一陣風吹過腦海，使我發自內心感到渾身虛脫。

「妳知道我的生日啊？我有跟妳說嗎？」

『結女同學跟我說了～生日禮物明天到學校再給你喔。』

「還有準備啊？以妳來說還真有禮貌。」

『泳裝跟兔女郎，你喜歡哪一個？』

「住手。立刻把妳準備的那個東西丟掉。」

『什麼～我特地畫了草圖耶～結女同學的泳裝跟兔女郎……』

「結果是她喔！那更得丟掉了！」

我還以為是妳要穿ＣＯＳ服跑來給我看咧。請勿擅自把別人當成生日禮物。

『哎，玩笑就開到這裡……』

「妳的玩笑話真難聽懂……」

『水斗同學有把禮物拿給她嗎？給結女同學的禮物！總不會說你沒有準備吧～？』

我低頭看看手邊的小包禮物。

「……是有準備。」

『哎呀。聽你這個口氣，難道是……』

「又不會怎樣。反正住在一起，機會多得是。」

『再講這種話，一眨眼就明年了喔！你不怕書桌抽屜裡滿是沒能送出去的禮物嗎！』

不要讓我想像一些討厭的事啦……感覺好像真的會變成那樣耶。

『你若是不拿給她，我就去跟結女同學暗示喔。就好像朋友擅自幫你跟對方告白那樣，你不怕生日變得那麼遜的話無所謂啊。』

「拜託不要……我會尷尬死。」

光是想像都會把我嚇死。要是變成那樣我就離家出走。

『對了，可以順便問一下是什麼禮物嗎？』

「不是什麼了不起的東西。明明沒在交往卻忽然送個飾品，收到的人也很為難吧？」

『咦——所以是實用的東西嗎？你是不是怕了？』

嗚……這傢伙講話真的夠狠夠酸。

「有什麼不好！有送禮物才是重點。」

『好吧也是，或許比起客套擺笑臉收下，之後卻不知該如何處理來得好多了。』

「……我是哪裡惹到妳了嗎？」

『硬要說的話大概就是甩了我吧。』

「…………我看妳是打算讓我背一輩子的人情債了。」

她可能到死之前都會跟我翻那件舊帳。

『唔呼呼。好吧總之呢，請你今天一定要跟結女同學營造浪漫氣氛喔。我等明天就行了！』

「講得好像我在腳踏兩條船似的……」

『欸嘿嘿。好像在當小三，讓人心跳加速呢。』

「就各種意味來說啦。但是，妳所謂的浪漫氣氛是要怎麼營造啊……」

『你講話好像戀愛新手喔。你們以前不是交往過嗎？』

「今非昔比啊。」

『那就來分享一下我的妄想場面吧！在枕邊細語的時候——』

我把電話掛了。

首先前提就大有問題吧，前提就錯了。

我放下手機，重新低頭看看準備的禮物。聽伊佐奈講那些快樂無煩惱的閒扯淡，感覺凝固僵硬的腦髓似乎變得柔軟多了。

對——今非昔比了。

不用想得那麼複雜，正常交給她就對了。

反正又不是今天就要跟她變成什麼關係……就像我自己說的，有送禮物才是重點。

「……好。」

就在我下定決心，拿起小包禮物的時候……

有人敲門了。

「——在嗎？」

伊理戶水斗◆三個字不足以容納的欲求

打開門一看，穿著睡衣的結女站在門外。

「我進來了。」

「等……喂！」

結女不等我阻止就走進房間，眼睛盯上我剛剛才拿上來的，由仁阿姨送我的懶骨頭沙發。

砰！她毫不客氣地一躺，讓整個背陷進沙發裡。

「啊，這個品質不錯耶。連我也想要。」

「……不是說好晚上不來房間嗎？」

為避免引來老爸他們不必要的猜測，半夜不去對方的房間。有事需要聯絡的話就用手機。我們應該已經這樣說好了。

結女抬頭看著我輕聲一笑，說：

「不用擔心，他們倆都醉倒睡著了。你如果還是堅持，那就當作我犯規好了，我可以叫你一聲哥哥喔。」

「……兄弟姊妹規定啊。好久沒聽到了……」

上次洗澡的時候也沒搬出來，還以為她已經忘了。

結女窩在懶骨頭沙發裡扭動身子，說：

「這個懶骨頭很大，再躺一個人似乎都夠呢。」

「嗄啊？不是，妳想讓我做什麼……」

「就聽一下妹妹的任性要求嘛，哥哥。」

「這個規則要是被妳這樣濫用就不用玩了吧！」

「沒、關、係、啦！」

「嗚哇！」

手腕被結女用力一拉，我被迫坐到她身邊。

本來只供一人用的懶骨頭沙發被擠得毫無空隙，結女跟我緊密地肩膀貼肩膀。她才剛洗過澡，肥皂的香味輕柔地飄來。

「……這個以兄弟姊妹來說過關嗎？」

我盡可能靠到懶骨頭的邊緣，結女卻追過來靠到我身上。

「過關啊。我記得《螢火蟲之墓》也是這種感覺。」

但我記得那個作品無論是小說還是電影，兄妹互相依偎的都絕對不是這種奢侈的懶骨頭沙發吧……

「…………………」

「…………………」

結女做出這種奇特又強硬的行動，卻遲遲不肯說出來意。只有從相接的肩膀肌膚傳來的體溫與柔軟觸感占據我的意識，就這樣過了足足一分鐘的時間。

搞不好就要這樣坐上一輩子了——就在這種愚蠢念頭開始閃過腦海時，結女總算開口了。

「……生日快樂。」

「……喔，嗯。妳也是。」

怎麼現在又來講這個？剛剛不是才辦過慶生會——

「禮物……我有準備。」

聽到她這種彷彿只是羅列單字，不夠完整的講話方式，我的腦袋無法立刻跟上狀況。

「滿久之前，我就準備好了。可是，如果我剛才就給你，在媽媽他們的面前，我可能會表現得太明顯……所以才會變得像這樣，趕在最後一刻。」

看看時鐘，已經過了晚上十一點。

我們的生日，再過不到一小時就結束了。

「……嗯。」

結女把手伸進懶骨頭沙發與自己的背之間，摸了半天，從那裡拿出一個包裝好的禮物。

難道說，她一直把它藏在背後？

所以才要坐在懶骨頭上？

「給你。」

她態度不太友善地把東西遞給我，我半反射性地收下。

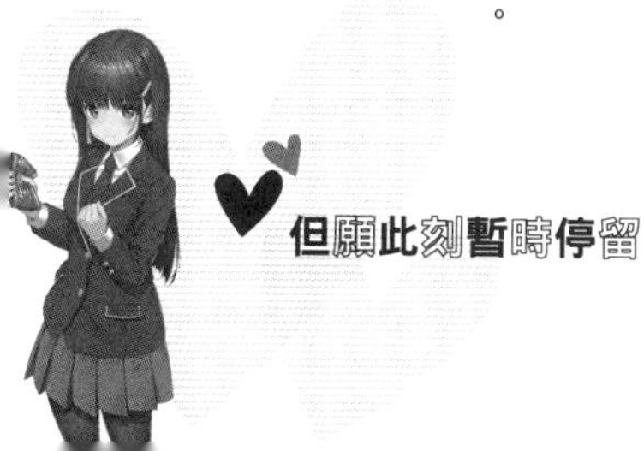

東西包裝成漂亮的禮物，不過大小跟手掌差不多……這樣說吧，就跟文庫本差不多大。

我往旁瞥一眼，結女的目光落在她自己的膝蓋附近。我跟她距離如此貼近，卻一點也猜不透那目光當中藏著何種感情、何種意圖。

「……我可以打開嗎？」

我有些遲疑地問，結女微微點了個頭。

看到她的反應後，我盡可能小心翼翼地拆開禮物。

最後，從包裝當中，出現了一個我再熟悉不過的物品。

——書套。

顏色是亮藍色。

「……這個……」

這硬是勾起了我的回憶。

國中二年級時的生日。我們兩個一起，去買了同款不同色的書套。

這個的顏色與款式，都跟那一個稍有差異。但是——

「——最近啊，我有點感觸。」

結女忽然間仰望天花板，低喃著說了。

「覺得說來說去，我還是受了你很多幫助。學生會也是，若不是有你的鼓勵，我也許就

不會加入了。我以為我已經不再依靠你了……但在不經意之間，有時我還是覺得受到你的支持。」

率真的話語，好像平常那些都是假的。

言詞如沁涼的清水，潺潺流入內心。

「你討厭我也沒關係。就算是這樣，我還是想為了你至今給我的支持表達感謝……如果可以，我希望你今後，還能繼續支持我……不只是作為前女友，或者只是姊妹……我也說不清楚……」

是啊，我明白。

在這種時候，過去那個心思單純的我，會高興到快要發瘋。

我們在想著同一件事。

我們的心靈是相契的。

但是，現在的我已經不再單純。

現在的妳，也一定已經不再單純。

複雜的感情在心中打轉，看過再多小說都找不到適當的詞句。

即使如此……

「我就是很想……送你一個新的。」

她仍然明確地，說出了自己的欲求。

「以前，我給你的那一個。不知道你是否已經扔掉了……總之我想取代那一個，希望你可以……用現在的我給你的這個。」

結女肩膀依然與我緊緊相貼，不曾離開。

不曾選擇逃避。

把自己想做的事，寄託在禮物上，直率地要我收下。

換個角度想，這可說是一份自私的禮物，絲毫沒考慮到收禮人的需求。

但是……噢，對了。

我都忘了。

我們，早就已經——從那種需要互相顧慮的關係，畢業了。

「……我也是。」

我下定決心一開口，結女的身體抖動了一下。

「我今天——也觸犯規定沒關係，姊姊。」

伊理戶結女◆那明年就……

「咦？」

往身旁一看，水斗維持靠著懶骨頭的姿勢往書桌伸出手，正從桌上把一小包東西撈過來。

是個跟手掌差不多大的小包禮物。

文庫本尺寸。

我心想：「難道……」水斗說：「這個。」把小包禮物遞給我。

「生日快樂。」

我不敢置信地，注視著輕快地往手心一放的小包禮物。

「咦……？難、難道說，這是——」

「妳打開看看。」

聽他這麼說，我戰戰兢兢地，一層層打開了包裝。

從裡面出現的東西——一如我的想像。

是紅色的書套。

「……實在沒想到會跟妳重複。」

面對各種思緒浮現心頭、說不出話來的我，水斗嘆氣般地說了。

「我先聲明，這份禮物不像妳的具有那種含意。我只是單純地……頭一個想到的，就是這個。」

「為、為什麼……你難道把上次的事忘了嗎！」

「當然記得好不好？」

水斗好像沒想到我會這樣講，不悅地說完後略微噘起嘴唇。

「……我也曾經想過是否該作罷。這樣好像對以前的事還念念不忘似的，感覺很討厭……可是，我怎麼想，都只想得到這個禮物。妳現在經常為了學生會的工作四處奔波，應該會隨身攜帶書本，也就比較容易讓書受損……哎，反正平常應該不會太想用前男友送的禮物，我覺得有兩個也不嫌多。」

原來……是這樣啊。

我送這份禮物的用意，是因為我自己想送。

但水斗……是為我著想，才會挑中這個禮物。

「……謝謝你。」

我把跟兩年前收到的那個在顏色上稍有差異的書套，擁進胸前。

「我會珍惜著使用的。」

「不用啦，又不是什麼很貴的東西。用舊了再買就好。」

「也就是說，明年再送一個？」

「那也太不愛惜東西了。」

我輕聲笑個不停，水斗低頭看看我送他的書套，說：

「我也要跟妳道謝。意外地還滿高興的。」

「跟以前我送的那個相比，哪個比較高興？」

「……差不多吧，大概。」

差不多啊……那麼，就差一點點了。

「等到明年，我一定已經超越她了。」

「我會期待的。」

只差一點。

以前的我啊，等著瞧。

我絕對會一步步超越妳的。

伊理戶水斗◆卑鄙的我

後來有一段時間，我們窩在懶骨頭裡看書，以確認互相贈送的書套的使用感。

不久，一邊肩膀稍微變得沉重。

一看，結女把頭放在我的肩膀上，發出有規律的輕微呼吸聲。

「喂……真是……」

時間已過十二點，我們的生日已經結束了。

平常結女到這時候早就睡了。或許也怪不得她。我得想想怎樣才能把她送去床上……

「………………」

我憋住呼吸，湊過去隔著瀏海看看結女的臉龐。

……差不多。

對，差不多一樣高興。

我已經……走到了這一步。

過去的我曾經想過，戀愛是一時的迷惘。

以此為前提，我心想：

如今這份心情，絕不是什麼一時的迷惘。

毋寧說，這是讓迷惘的自己用來確定「就是它了」的感情。如同爸爸再次邂逅由仁阿姨時沒有迷惘，我也已經知道，她是我的唯一。

對，我承認。至少在自己的心底，不會再用言語掩飾心意。

我喜歡她。

是因為喜歡，才想留在她的身邊。

所以——我無法跟她做普通的兄弟姊妹。

我朝著酣睡的結女的瀏海，悄悄伸出手指。

……她不會醒來吧？

我用第一指節輕撫般地，掃過結女的瀏海。

妳會覺得我很卑鄙嗎？

分明已經有所決心，卻徜徉於現在這個瞬間的我。

只敢趁妳沉沉睡去，不會注意到的時候，才敢這樣觸碰妳的我。

即使如此，我仍然忍不住想：

這不過是毫無意義的延後處理罷了。

是卑鄙的認同延緩。

但是，現在就先——

伊理戶結女◆卑鄙的我

你會覺得，我很卑鄙嗎？

分明已經有所決心，卻徜徉於現在這個瞬間的我。

只敢假裝沉沉睡去，期待你來觸碰我，全丟給你想辦法的我。

即使如此，我仍然忍不住想：

這樣只是毫無意義的延後處理。

是卑鄙的認同延緩。

但是，現在就先——

——但願此刻，能暫時停留。

代替後記　復活的各話一言感想

由於上一集與上上集，連我自己都寫到混亂的艱難主題連續到來，因此這次一方面也配合結女的周遭環境產生巨大轉變，寫成了堪稱回歸原點、風格輕鬆的標準戀愛喜劇集。畢竟就如同副標題所說的，我還想再欣賞一下這種雙向暗戀的狀態嘛。沒什麼好害羞的，就是光明正大地拖延劇情。

因此，後記也效仿第一集採用各話一言感想的方式。請往下看。

●——第一話：喜歡的人就在家裡

劇情描述正式開始活在不同世界的兩人，仍然保有的一些聯繫。

關於學生會的男女比例我想了很多，後來心想反正羽場同學會變成背景，乾脆所有人都是女生好了，結論下得非常武斷。像奈須華她們也是，我很喜歡寫某Kirara式（註：應指Manga Time Kirara）的女生四～五人小團體。但又很想寫配對，所以就請ＯＢ登場了。

就結果來說，前一屆學生會沒登場的角色現在只剩庶務，不知道有沒有這人出場的一

天。真面目成謎的角色不是會長而是庶務，不覺得超有強角感嗎？

還有，不只限於這裡，這次故事內容塞太多，導致插畫數量不足。為此，本來應該要有插畫的漫畫咖啡店場面也沒圖了。這就是輕小說的難處啊。徵求粉絲創作。

●——第二話：想讓你臉紅

圍著浴巾百般挑逗的情節，這是寫第幾次了啊？沒關係。好的場面重用幾遍都一樣好。

寫這一回讓我有種想法，覺得所謂的戀愛喜劇，登場人物全部變成笨蛋似乎會更有趣。水斗直到上一集ＩＱ都太高了。從這集開始適當地變笨，才讓我覺得：「對對，就是這種感覺！」

愛沙是個滿載我個人喜好的角色，在這話應該發揮了很大的力量。為什麼越是沒做出實際成績的傢伙就越喜歡給人建議呢？

●——第三話：妳眼中的我

就是體育祭。我並不重視這個節慶活動，所以本來想跳過，但想到還有借物賽跑，就改變心意了。順便一提，重抽的規則是我隨便掰的，實際上有沒有這種規定我不知道。

如同結女接觸到學生會這個新社群，水斗以及伊佐奈也在這時接觸到奈須華與麻希。如

果問我這樣設計有什麼用意，我只能說是憑感覺。

包括結女在內全員集合的話就多達七人，寫起來很辛苦，所以希望他們盡量別湊在一起。不過水斗與伊佐奈說到底，就算置身於集團當中也會是兩人一組，所以環境上大概不會有什麼巨大變化。

たかやKi老師非常擅長畫內衣，我之前就希望能請老師加進插畫裡，這次終於獲得實現了。結果內衣就壞掉了。伊佐奈妳啊……

●——第四話：一定是因為有你守護

劇情的重點是：雖說是風格輕鬆的戀愛喜劇集，但偶爾也該展現嚴肅的一面吧。

明日葉院同學身處於每個傢伙都在談戀愛卻又談得很廢的學生會裡，是唯一一個能夠心無掛念地疼愛的存在。我完全不打算矯正這孩子討厭男生的毛病！不過在下一段劇情稍微登場的愛沙的妹妹就不在此限了……希望哪天有機會可以寫寫看那邊的故事。

啊，對了，我還沒說過。愛沙的妹妹＝文化祭那個討厭男生的國中女生。髮型跟姊姊一樣，對吧？

●——第五話：但願此刻暫時停留

讓各位久等了，生日情節來了。決定用十一月三日這個日期，是因為十一與三都是質數——也就是「除也除不盡，理也理不清」的意思。

這段情節同時也解決了「學生會成員是中途登場以至於無法寫他們到夏天為止的故事」這個問題。幸好鈴理與愛沙很愛炫耀。本來也很想看看兩人穿泳裝或冬服的模樣，但還是老問題，插畫數量不足。再次募集粉絲創作。

說真的，直到下筆的前一刻我都還打算讓水斗與結女去約會，但一動筆之後竟然沒去。想想也是啦，寫著寫著我才注意到，慶生其實更偏向家庭而不是情侶活動。結果寫成了意外悠閒放鬆的形式。

最後的插畫是我滿久以前就想寫的場面，很久沒有由我指定插畫內容了。看好了世界，這就是雙向單戀。

……話說回來，水斗以前送她的生日禮物好像說是桃紅色的書套，現在回去看第一集的封面……？

好久沒有把腦袋放空盡情寫戀愛喜劇了，非常開心。下次會認真地回收第六集設下的伏筆……或許會，也或許不會。這次川波與南二人組的戲份較少，下次就讓他們當主角……或許會，也或許不會。我不知道。

那麼以上就是紙城境介為您獻上的《繼母的拖油瓶是我的前女友7 但願此刻暫時停留》。別說什麼暫時，可以再維持現狀個五集嗎？

你喜歡的不是女兒而是我!? 1~4 待續

Kadokawa Fantastic Novels

作者：望公太　插畫：ぎうにう

兩人的關係即將往前邁進一步。
一個艱難的抉擇卻又出現在他們面前——

遲遲沒回覆告白的我，終於不再猶豫了。一察覺自己的心意，我就在如火山爆發的情感之下吻了他。面對突如其來的吻，他雖然一臉驚訝，但是不用擔心，因為我倆之間早已無須言語。這下我和阿巧就是男女朋友了！結果這麼想的只有我一個……？

各 **NT$220/HK$73**

義妹生活 1~2 待續

Kadokawa Fantastic Novels

作者：三河ごーすと　插畫：Hiten

緩慢但確實的變化徵兆——
描繪兄妹真實樣貌的戀愛生活小說第二集！

適逢定期測驗，沙季為了不拿手的科目苦惱，想幫助她的悠太為她整頓念書環境、尋找能夠集中精神的音樂。就在此時，悠太的打工前輩——美女大學生讀賣栞找他約會。聽到這件事，浮上沙季心頭的「某種感情」是……？

各 **NT$200/HK$67**

一點都不想相親的我設下高門檻條件，
結果同班同學成了婚約對象!? 1~2 待續

Kadokawa Fantastic Novels

作者：櫻木櫻　插畫：clear

「我們可以睡在同一間房裡嗎……？」
始於假婚約，令人心癢難耐的甜蜜戀愛喜劇，第二幕。

不斷累積甜蜜時光的過程中，心也越來越貼近彼此。當由弦和愛理沙一如往常地待在由弦家時，卻突然因為打雷而停電。憶起兒時心裡陰影的愛理沙半強迫性地決定留宿在由弦家，於是由弦準備讓兩人能分別睡在不同房間。不安的愛理沙卻開口拜託他——

各 **NT$250/HK$83**

身為VTuber的我因為忘記關台而成了傳說 1 待續

Kadokawa Fantastic Novels

作者：七斗七　插畫：塩かずのこ

中之人與螢幕形象的巨大反差＝衝突美？

Live-ON三期生，以「清秀」為賣點的VTuber心音淡雪，因為忘記關台而把真面目暴露得一覽無遺！沒想到隔天非但沒鬧得雞飛狗跳，甚至因為反差效果而大紅大紫！結果——「好咧！來加把勁直播啦——！」放縱自我的她，就這樣衝上了超人氣VTuber之路？

NT$200/HK$67

刮掉鬍子的我與撿到的女高中生 1~5（完）

Kadokawa Fantastic Novels

作者：しめさば　插畫：ぶーた

「吉田先生，能遇見你這位有鬍渣的上班族實在太好了。」
上班族與女高中生的同居戀愛喜劇，堂堂完結！

吉田和沙優前往北海道，意味著稍稍延後的別離已然到來。在那之前，沙優表示「想順便經過高中」——導致她無法當個普通女高中生的事發現場。沙優終於要面對讓她不惜蹺家，一直避免正視的往事。而為了推動沙優前進，吉田爬上夜晚學校的階梯……

各 **NT$200~250/HK$67~83**

二月 公
插畫／さばみぞれ
聲優廣播的幕前幕後
#03 夕陽與夜澄想要突破？
Kadokawa Fantastic Novels

國家圖書館出版品預行編目資料

繼母的拖油瓶是我的前女友. 7, 但願此刻暫時停留/紙城境介作 ; 可倫譯. -- 初版. -- 臺北市 : 臺灣角川股份有限公司, 2022.07

面 ; 公分. -- (Kadokawa fantastic novels)

譯自 : 継母の連れ子が元カノだった. 7, もう少しだけこのままで

ISBN 978-626-321-594-8(平裝)

861.57 111007257

Kadokawa
Fantastic
Novels

繼母的拖油瓶是我的前女友 7
但願此刻暫時停留

（原著名：継母の連れ子が元カノだった７もう少しだけこのままで）

２０２２年７月28日　初版第１刷發行
２０２４年４月２日　初版第３刷發行

作　者：紙城境介
插　畫：たかやＫｉ
譯　者：可倫

發行人：台灣角川股份有限公司
總監：呂慧君
總編輯：蔡佩芬
主　編：林秀儒
編　輯：邱瓈萱
設計指導：陳晞叡
美術設計：宋芳茹
印　務：李明修（主任）、張加恩（主任）、張凱棋

發行所：台灣角川股份有限公司
地　址：１０４台北市中山區松江路２２３號３樓
電　話：（02）2515-3000
傳　真：（02）2515-0033
網　址：www.kadokawa.com.tw
劃撥帳戶：台灣角川股份有限公司
劃撥帳號：19487412
法律顧問：有澤法律事務所
製　版：巨茂科技印刷有限公司
ISBN：978-626-321-594-8
